Rebecca Maria Salentin

HINTERGRUNDWISSEN EINES KLAVIERSTIMMERS

Roman

Schöffling & Co.

Erste Auflage 2007
© Schöffling & Co. Verlagsbuchhandlung GmbH,
Frankfurt am Main 2007
Alle Rechte vorbehalten
Satz: Fotosatz Reinhard Amann, Aichstetten
Druck & Bindung: Pustet, Regensburg
ISBN 978-3-89561-364-7

www.schoeffling.de
www.rebecca-salentin.de

Inhalt

I	Notwendigkeit des gesprochenen Wortes	7
II	Goldmarie und Pechsophie	22
III	Flausen im Kopf junger Damen	41
IV	Des Gutsherren Zwillinge	60
V	Und die Töchter blicken stumm um den ganzen Tisch herum	73
VI	Büße und bete	92
VII	Notwendigkeit des geschriebenen Wortes	105
VIII	Die schönste Jungfrau sitzet dort oben wunderbar…	130
IX	Arrangement der Vernunft	144
X	Wiener Kaffeehauskultur	161
XI	Essenz des Festes	180
XII	Vatertochter-Muttertochter	195
XIII	Klaviersonate c-Moll	208
XIV	Echte polnische Daunen	220
XV	Notwendigkeit des vergessenen Wortes	233

1 Notwendigkeit des gesprochenen Wortes

Nachdem das Schweigen Einzug in das Wesen des Gutsherren Karol Laub genommen hatte, zog dieser aus seinem Gut vor den Toren Krakaus aus.

Karol Laub verließ somit nicht nur den *dwór*, in dem er geboren und aufgewachsen war und der seit dem Tod seiner Eltern unter seiner Führung stand, sondern auch seine hochschwangere Frau Elżbieta und ihre gemeinsame Tochter Katarzyna.

In den Wochen vor seinem Auszug drehten die Gedanken in seinem Kopf Abend für Abend ihre Runden. Der Winter war so vorübergegangen, kalt und nachdenklich, Wilhelm hatte den Deutschen Reichstag aufgelöst, der Dreibund war erneuert worden, Borodin in Petersburg gestorben. Dann war es Frühling geworden, Elżbietas Bauch immer größer, Karols Unbehagen mit dem Umfang des Bauches gewachsen. Es war April, es war kalt, Raureif saß auf den Scheiben, während der Wind pfeifend dagegenschlug. Die eingerollten Decken und Tücher durften ihren Platz an Fenster- und Türritzen noch nicht räumen, und auch die Sommergardinen mussten noch in den Truhen warten, bis es an der Zeit wäre, die Frühjahrssonne mit dem Abhängen der schweren Brokatvorhänge zu begrüßen.

An einem dieser Abende festigte sich Karols Entschluss.

Neben seiner Frau liegend dachte er über den vergangenen Tag nach. Insbesondere über die Waldarbeiter und ihren Vorsteher Krzysztof, die nicht zu seiner Zufriedenheit arbeiteten. Er wollte Elżbieta davon erzählen, drehte ihr den Kopf zu, den Mund schon geöffnet, dem dann auch ein Krächzen entwich. Doch noch bevor sich dieses heisere Tönen seiner Kehle zu einem Wort oder zum ganzen Satz über Krysztof und seine Arbeitsmoral ausdehnen konnte, war die Angelegenheit Karol plötzlich unwichtig und nicht bedeutungsvoll genug vorgekommen. Eine Alltäglichkeit, nichts Besonderes, gewöhnliche kleine Sorgen eben. In einer fischartigen Bewegung klappte er den Mund wieder zu. Man hätte meinen können, dass der Laut ein Räuspern oder der Beginn seines allnächtlichen Schnarchens sei.

Elżbieta lag schweigend neben ihm. Sie schien sein Ansetzen zur Rede, der Rede zu ihr, nicht bemerkt zu haben. Wahrscheinlich vernahm nur Karol den Bruch der Stille so deutlich, da er den Laut nicht nur hören, sondern auch spüren konnte. Es erschien ihm nun noch sinnloser, ihr Schweigen durch seine Worte zu stören.

Früher hatten sie sich abends über die Erlebnisse des Tages unterhalten, aber seit einigen Wochen schlief sie immer ein, ohne vorher mit ihm gesprochen zu haben. Wenn überhaupt noch ein Gespräch zwischen ihnen stattfand, dann war es Karol, der redete, und sie hörte zu, nickte hier und da auch, brummte vielleicht einmal zustimmend, jedoch ohne etwas zu sagen.

Es erschien ihm nicht mehr notwendig, seiner Frau von den Schwierigkeiten mit den Waldarbeitern zu erzählen, obwohl es keine Nichtigkeit war, denn ständig musste er nach dem Rechten sehen, verlassen konnte er sich nicht auf sie. Nicht einmal auf Krzysztof, sosehr er ihn auch schätzte mit seinem Wissen um das Land und seine Eigenheiten.

Karols Hände waren über dem schweren Federbett aus Daunen gefaltet, die Finger ineinander verhakt, verknotet. Und während er darüber nachdachte, was überhaupt so wichtig war, dass man darüber reden musste, begann er, seine Daumen zu kneten, als würde er mit ihnen ringen, bis sie von diesem beständigen Kampf ganz warm waren.

Sie war neben ihm jetzt eingeschlafen, er hörte es an ihren schweren Atemzügen. Sie schlief immer schnell ein in dieser Zeit. Sie war müde, sehr müde. Ihre Lider hingen schwer über den Augen, deren Blick stumpf, deren Blick leer war. Morgens stand sie erst lange nach ihm auf, mittags lag sie schon wieder. Selbst wenn sie wach war, hatte er den Eindruck, als döse ihr Geist trotzdem weiter. Sie war abwesend, bleich, geisterte durch den *dwór* wie ein halbseidenes Schattenwesen. Und wenn sie nicht schlafwandlerisch langsam mit schleifenden Füßen durch das Haus schlich, saß oder lag sie. Ihr Körper war auf die Ottomane gegossen, er hing in den Sesseln, war zwischen die Federbetten gesunken oder saß apathisch am Flügel im Salon, die schmalen Finger weiß auf den Tasten, ohne jedoch auch nur einen Ton zu spielen.

Sie war regungslos. Träge hob sie höchstens den Arm, um sich die Haarsträhnen aus dem Gesicht zu wischen. Irgendwann hörte sie auch damit auf und das lange Haar hing unfrisiert herunter, Strähnen davon fielen knotig über ihr blasses Gesicht und ihre Schultern, man konnte sie dahinter kaum erkennen.

Sie verließ das Haus nicht einmal mehr, um Sofia zu besuchen. Das Kind wurde nur noch von Agnieszka versorgt; Elżbieta war dazu nicht mehr imstande.

Und wenn ich Elżbieta doch von meinen Sorgen berichte, ändert sich auch nichts an ihrem Verhalten, dachte er. Je mehr er diesen Gedanken spann, sich in diese Betrachtung vertiefte, desto stärker verkrampften sich seine Hände, desto ärger rangen die Daumen miteinander. Wärme breitete sich nicht nur auf seine Hände aus, sie strömte durch seine Arme hindurch in seinen Körper. Er begann zu schwitzen, sein Gesicht glühte, das Federbett erschien ihm unerträglich schwer auf der Brust. Es abzuwerfen und befreit einige tiefe Atemzüge zu tun, kam ihm nicht in den Sinn, so sehr war er in den Strudel der Gedanken versunken, die sich immer schneller drehten. Im Wirbel spürte er, wie ihn der Sog herunterzog, er vermeinte ein Kribbeln am Rücken die Wirbelsäule hinauf und bis zum Haarschopf zu fühlen. Seine Körperbehaarung stellte sich auf.

Gänsehaut, dachte Karol. Er drehte das Wort, wendete es, spürte jedem Klang in ihm nach, bis es ihm wie eine unsinnige Zusammenstellung seltsamer Laute erschien, die schwerelos im Raum standen.

Am Ende seiner Fixierung auf die Notwendigkeit des Sprechens traf ihn die Erkenntnis hart, dass keiner seiner Gedanken unbedingt berichtenswert sei, egal wie sehr er, Karol, von ihm beschäftigt und in Beschlag genommen war. Dieses Fazit war wie ein dumpfer Schlag und ernüchternd. Sein Atem wurde wieder ruhig, die Hitze verschwand und ließ nur einen kalten nassen Film zurück.

Das Bedürfnis zu reden diene im Grunde nur dem simplen Zweck, anderen mitzuteilen, was einen beschäftige oder bewege. Es habe aber nichts mit dem zu tun, was das Gegenüber bewege und beschäftige. Nur das Mitteilungsbedürfnis ist es also, was uns zum Reden bringt, resümierte er.

Diese Ernüchterung hatte Karol beruhigt, selbst die Daumen lagen nun in Eintracht aneinandergelehnt, aber das Drehen und Wirbeln seines Denkens zu besänftigen vermochte sie nicht.

Gerade der Ärger mit den Waldarbeitern war etwas, worüber Elżbieta und er oft gesprochen hatten. Er mochte es, ihr von seinen unangekündigten Visiten zu berichten. Selbst wenn die Männer ihn früh genug hatten kommen sehen, stellten sie sich so ungeschickt an, dass er sofort wusste, dass es mit der Arbeit nicht weit her sein konnte. Meist hatten sie die Karten in der Eile unter einen Baumstamm oder eine Kappe geworfen, wo er sie sofort fand. Zudem floss ihnen nicht ein Tropfen Schweiß den Nacken hinunter, und das zur Vertuschung angestimmte Lied ging ihnen reichlich verkrampft von den Lippen.

Es machte keinen Unterschied, wenn er an diesem Tag nicht über seinen Ärger sprach. Elżbieta interessierte sich nicht mehr dafür, was sich die Männer ausdachten, um sich vor der Arbeit zu drücken, obwohl es langsam Auswirkungen auf den Ertrag aus der Forstwirtschaft hatte, und davon finanzierte sich der Großteil der Bedürfnisse auf dem *dwór*.

Bei fast allen *dwory* in dieser Gegend spielte der Ertrag der Waldarbeit eine große Rolle. Das Land konnte verpachtet werden, das Holz wurde von den Gutsherren an die Bauern verkauft, die nicht das Recht hatten, einfach zu nehmen, was sie zum Heizen nötig hatten. Selbst ihre schmutzigen kleinen Kinder mit den schwarzen Augen durften das Reisig nur in dem Stück Wald sammeln, das dem Hof ihrer Eltern vom Gutsherren zu Beginn eines jeden Jahres zugeteilt wurde.

Karol war als Landbesitzer nie so streng wie sein Nachbar Anton Koźny, der seine Arbeiter und Bauern notfalls mit der Peitsche zum Gehorsam anzutreiben wusste.

Allerdings waren die Ländereien der Familie Koźny ertragreicher als Karols, und Anton wurde immer wohlhabender. Das war auch der Grund, weshalb Anton sich einen neuen Bösendorfer hatte zulegen können. Seine Waldarbeiter spurten einfach besser, die wagten gar nicht erst, auf der faulen Haut zu liegen. Bei Familie Laub dagegen musste der Klavierstimmer Katzenstein alle paar Wochen mit seinem Stimmwerkzeug anrücken, damit dem alten Instrument vom Kattowitzer Klavierbauer Drozdowski überhaupt noch halbwegs gute Töne entlockt werden konnten.

Zur eigenen Schadenfreude gestand Karol sich ein, dass seine Waldarbeiter wenigstens noch etwas Grips im Kopf hatten, mit ihnen konnte man reden, mit Krzysztof Fachgespräche über die Bedürfnisse des Waldes führen. Antons Männer waren kräftig, aber dumm!

Nur so konnte Karol sich die Szene erklären, deren Zeuge er einige Tage zuvor auf dem Hof der Familie Koźny geworden war. Er musste grinsen, als er an die stiernackigen Kerle dachte, wie sie schweißgebadet mit tiefroten Köpfen, die Augen aus den groben Gesichtern hervorquellend, den neuen Flügel über den Hof und die breite Freitreppe hinauf in den nachbarlichen *dwór* hatten schleppen müssen. Ihre riesigen Füße mit dem schweren Schuhwerk hatten sich den Weg auf dem vereisten Pflaster ertasten müssen, so dass es ausgesehen hatte, als tanzten ihre stämmigen Beine, während ihre Oberkörper vom Gewicht des Instruments niedergedrückt wurden. Anton hatte dem Schauspiel mit drohender Miene beigewohnt, vom Pferd aus alles begutachtet, die Stiefel blank poliert und die Peitsche gezückt, in Habtachtstellung, dass auch ja kein Kratzer an seinen teuren Bösendorfer komme. Der Rauch des Schornsteins hatte über dem Hof gelegen, der Wind tief und eisig darüber geweht.

Die Erinnerung an diese Szene ließ Karol sein Gedankenkarussell kurz vergessen, er war jetzt ebenso amüsiert, wie er es insgeheim bei dem kuriosen Anblick auf Antons Hof gewesen war. Aber so wie sich während der Lieferung des Bösendorfers ein unangenehmes Gefühl in die Belustigung gemischt hatte, spürte er auch jetzt einen schalen Beigeschmack. Die sich abmühenden Kerle mit den heraushängenden Zungen hatten ihn belustigt, der Anblick des wachsamen Antons hingegen eine große Abneigung in ihm hervorgerufen. Plötzlich hatte er sogar das Bedürfnis verspürt, seine Faust mit aller Wucht in die selbstgerechte Visage seines Freundes zu platzieren und dessen arrogantes Maul blutig zu schlagen.

Damals hatte er sich, erschrocken über die Aggressivität in ihm, schnell abgewandt und war erschüttert in sein Haus gegangen, wo er den Rest des Tages im Sessel des Studierzimmers verbrachte. Seine linke Hand hatte unablässig den Globus auf der Schreibtischplatte gedreht, die Augen aber waren starr gewesen.

An diesem Abend erlag er eine Sekunde lang der inneren Täuschung, dass er sich nur hinüberbeugen und Elżbieta davon erzählen müsse, um sich gemeinsam mit ihr darüber zu amüsieren. Dann aber überwog das Gefühl der Abneigung seinem Freund gegenüber wieder. Und auch das Verhalten seiner Frau während der letzten Monate wurde ihm wieder präsent. Ihre Verstockung, ihr Schweigen und ihre Teilnahmslosigkeit ihm und der Tochter gegenüber.

Karol lag weiter still und erinnerte sich noch einmal an das Gespräch, das er ein paar Tage zuvor mit ihrem Klavierstimmer geführt hatte. Schon wieder etwas, was ihm nicht zwingend erzählenswert erschien, wenn auch diesmal aus Rücksicht auf ihre momentanen Gemütsschwankungen.

Er wandte sich ihr nun doch zu und betrachtete das, was er im fahlen Grau der Nacht von ihrem Gesicht erkennen konnte. In der Dunkelheit stach ihre Blässe noch gespenstischer hervor.

Während der ersten Schwangerschaft war sie ganz anders gewesen. Sie war lebendig, fast schon wild, war noch in den letzten Wochen vor der Niederkunft heimlich ausgeritten, hatte getanzt und viel gelacht.

Zu Beginn ihres gemeinsamen Lebens hatte Liebe das Leben zwischen Karol und Elżbieta bestimmt. Er war stolz auf seine junge, strahlende Frau, Elżbieta hingegen hatte die neu gewonnene Freiheit genossen, aus dem Blickfeld ihrer Eltern verschwunden zu sein. Jeden Tag aufs Neue war sie durch die vielen Zimmer ihres neuen Hauses gestreift, hatte dort was entdeckt und hier was verändert. Es war ein Sichsuchen und -finden zwischen Karol und ihr in der Weitläufigkeit des Gebäudes. Sie hatten sich gerufen, geneckt, sich in jedem Raum neu findend und auf den langen Fluren zueinander eilend.

Irgendwann hatte Elżbieta begonnen, sich zu langweilen. Sie war Mutter geworden, und nach der Geburt von Katarzyna hatte sie viel geweint um den vermeintlichen Verlust der Schönheit ihres Körpers. Während sie in der Schwangerschaft vor unbändiger Energie, die er so an ihr geliebt hatte, sprühte, verfiel sie danach umso mehr in eine Art Perspektivlosigkeit. Auslöser dafür war ihr Glaube, ihrem Mann den Stammhalter gebären zu müssen. Bei Sofia und Anton hatte es schließlich gleich beim ersten Kind zum Fortbestand des Familiennamens gereicht.

Doch Elżbieta hatte nur ein Mädchen geboren, und zu dieser Enttäuschung hatte sich, weitaus schlimmer für sie und deshalb auch geheim gehalten, die Frustration über ihren Körper gesellt. Ihre Haut war von roten Streifen gezeichnet, die sich wie Flüsse auf einer Landkarte gleich über ihren Bauch und die Brüste gezogen hatten. Ihr Haar war ihr wenige Wochen nach der Niederkunft büschelweise ausgefallen, filzige Knäuel davon hatten im ganzen Haus gelegen. Morgens war ihr Kopfkissen von einem Teppich ihres langen Haars bedeckt. Sie hatte nicht mehr gewagt, es zu bürsten. Einen ihrer Backenzähne hatte sie ziehen lassen müssen, ganz gegen ihre Überzeugung, dass jede Frau, aber nicht sie, für ihre Kinder Zähne lassen müsse.

Über diesen Kummer hatte sie nicht gemerkt, dass Karol weder Enttäuschung über die Geburt eines Mädchens gezeigt noch sie im Geringsten weniger verehrt hatte als in der Zeit vor der Schwangerschaft.

Elżbieta jedoch hatte begonnen, sich in sich zurückzuziehen.

Ihre Hauptbeschäftigung war, tage- und nächtelang über den Verlust ihres jugendlichen Körpers zu weinen. Danach hatte ihr von Krämpfen geschüttelter Körper oft leblos zwischen den Kissen gelegen, wo sie reglos zur Decke starrte. Elżbieta hatte mit niemandem über den Grund ihres Kummers gesprochen, weil sie sich zu sehr geschämt hatte. Dabei hatte die Scham nicht etwa der übertriebenen Trauer über die Veränderung ihres Körpers gegolten, sondern der Veränderung an sich.

So war man in der Familie davon ausgegangen, dass die Enttäuschung über die Tochter der Grund für ihre Veränderung sei. Doch selbst für diese vertretbare Erklärung hatte den Menschen in Elżbietas Umgebung nach einiger Zeit das Verständnis gefehlt. Ihre Mutter Małgorzata hatte sie bitter gescholten und ermahnt, sie solle sich lieber anstrengen, das Versäumnis so schnell wie möglich zu beheben. Mit dem Gejammer werde sie ihren Mann eher in die Flucht schlagen, als ihn zu einem weiteren Versuch zu ermuntern.

Nichts hatte Elżbieta jedoch ferner gelegen, als Karols Annäherungen stattzugeben. Sie war der Überzeugung gewesen, dass er bei ihrem Anblick, spätestens aber bei der Berührung ihres gewelkten Fleisches vor Ekel vergehen müsse. Hatte sie sich an- und ausgekleidet, waren ihre Augen geschlossen gewesen, um ihren – wie sie sich selbst insgeheim immer wieder eingeredet hatte - entstellten Körper nicht sehen zu müssen.

Sie war sich ihrer selbst unsicher geworden und hatte deshalb noch stärker als zuvor nach Bewunderung gegiert. Elżbieta hatte an nichts anderes mehr denken können, als an das in ihren Augen erstrebenswerte und auf immer verlorene Leben in der Stadt. Alle Männer, die sie zuvor angebetet hatten, waren ihr mit einem Mal interessanter und attraktiver als je zuvor erschienen. Sie hatte an die witzigen und charmanten Momente gedacht, die sie im Elternhaus oder bei Tanzbällen erlebt hatte. Ihr Blick war in der Vergangenheit hängen geblieben, ohne dass sie auch nur ein einziges Mal versucht hätte, ihn zu heben und auf ihre Zukunft zu richten. Sie hatte Wut empfunden, Wut und Hass, und eins war ihr dabei sehr klar erschienen: dass einzig und allein ihr Mann der Schuldige an ihrem verpfuschten Leben war.

So waren die Feste im *dwór* von Anton und Sofia zu Lichtblitzen im Dunkel ihres Daseins geworden, denn dazu hatte auch Karol nie nein sagen mögen. Dort war sie aufgeblüht, wieder in ihre alte Rolle geschlüpft, sich gefährlich schnell um sich selbst drehend, das Leben in so großen Zügen trinkend, dass sie sich fast daran verschluckte.

Irgendwo zwischen diesen feierlichen Anlässen und der Einsamkeit im eigenen *dwór* war ihr also die Liebe zu Karol abhanden gekommen. Erst war es, als hätte diese sich in der Weitläufigkeit des Hauses verlaufen. Als hätten die Entfernungen zwischen den großzügigen Zimmern ihr Karol genommen, als wäre die Liebe durch Gänge und Flure geirrt, ohne die Liebenden wiedergefunden zu haben, um schließlich in der Weite der Räume ganz verloren zu gehen.

In Wahrheit hatte Elżbieta sie mit einem Tritt ins Hinterteil zu einem – von ihr eigens zu diesem Zweck geöffneten – Fenster hinausbefördert.

Es kam Karol so vor, als ob es nichts mehr gäbe, worüber man wirklich reden müsse. Selbst die großen Dinge müssten nicht besprochen werden, denn das bloße Aussprechen derselben ändere ja doch nichts an ihrem Vorhandensein. Ein Gespräch bestehe eben nur aus Worten, Phrasen, Satzgebilden, und nichts als das!

Je näher Karol Laub darüber nachdachte, und genau dies tat er an diesem Abend mit einer exzessiven Obsession, erschien es ihm, als ob man überhaupt nicht mehr miteinander reden müsse. Die Sätze und Worte in den Gesprächen hätten doch nicht die Macht, etwas an den Geschehnissen selbst zu ändern.

Ja, es erschien ihm, als rede der Mensch nur um seiner Person willen, als gehe es nicht einmal um Mitteilung, sondern lediglich um die Reflexion des eigenen Denkens. Die Sprache nicht mehr als die egoistische Form des lauten Denkens. Eine Selbstverliebtheit in die eigenen Ideen und Auffassungen.

Und erst nachdem er diesen Gedanken gefasst hatte, wurde er wirklich ruhig. Die Spirale hörte auf, sich zu drehen, die Wogen ebbten ab, selbst seine Finger glitten auseinander. Er betrachtete die Farbe des Himmels im Spalt der Vorhänge. Es war genau der Ton, bei dem er nicht wusste, ob er eher einem Orange oder einem Violett ähnelte, der aber immer das Vorzeichen von Schnee war.

Nach den philosophischen Betrachtungen zur Notwendigkeit des gesprochenen Wortes, denen Karol sich an diesem Abend so sehr hingegeben hatte, kam er zu dem Entschluss, dass es eigentlich nichts wirklich Beredenswertes gäbe. Erschöpft schlief er ein.

Am nächsten Morgen fiel sein Blick erst auf die beschlagene Scheibe zwischen den Vorhängen des Schlafzimmerfensters, hinter dem er tatsächlich Schnee auf der Krone des Birnbaums ausmachen konnte, und dann, nachdem er den Kopf zur Seite gewandt hatte, auf das wächserne Antlitz seiner Frau, das zwischen den roten knotigen Haarbüscheln ungesund hervorstach. Ihre Wangen waren von dem gestickten Bettwäschemuster gezeichnet, ein Faden von getrocknetem Speichel lief der Spur einer Schnecke gleich vom Mundwinkel zum Ohr und rund erhob der Bauch das Federbett.

Der Sumpf seiner Gedanken des Vorabends war schlagartig wieder da, und bestärkt durch den Anblick Elżbietas, hörte Karol an diesem Morgen wirklich auf zu sprechen.

Und als ob es noch nicht genug wäre, dass Elżbietas Mann kurz vor der Geburt des zweiten Kindes aufhörte, die Sprache zu gebrauchen, zog er auch noch aus dem *dwór* aus und führte sein von nun an stummes Leben in der Stadtwohnung fort, welche die Familie in der *ul. Bernardyńska* in Krakau besaß.

Den Großteil seiner Zeit verbrachte er von nun an damit, aus seinen Fenstern seine Umgebung und das Treiben der Menschen zu betrachten. Vom Stubenfenster aus fiel sein Blick auf den Fuß des Wawel und die *Planty*, während er vom Schlafzimmer aus wunderbar auf die Weichsel und ihre Uferwiesen blicken konnte.

11 Goldmarie und Pechsophie

Kazimierz Kasbek Katzenstein, der Klavierstimmer, setzte sich an den Drozdowski, strich mit den Fingern über das dunkle Holz der Tastaturklappe und folgte der Spur kleiner Katzenpfoten im Staub.

Elisa und Katarzyna saßen an dem runden Tisch, Katarzyna in ein Buch vertieft, eine Katze auf dem Schoß, während Elisa ihr etwas zu erzählen versuchte. Sie schien sich nicht daran zu stören, dass Pan Kazimierz ihre Beteuerungen über ihre große Liebe zu Jarosław Koźny mithören konnte. Daran war er gewohnt. Wenn er über einen längeren Zeitraum der Klavierstimmer einer Familie war, wurde er zu einem Vertrauten, dem man seine Sorgen zu erzählen pflegte.

Im *dwór* der Familie Laub stimmte er schon seit über zwanzig Jahren den Flügel und gehörte fast zur Familie. Er war hier stets gut behandelt worden; wie auch heute stand immer eine Kanne Tee und etwas Gebäck für ihn am Flügel bereit, wenn er kam. Niemand ließ sich durch seine Anwesenheit in seinen Tätigkeiten stören.

Wenn er ein Klavier oder einen Flügel stimmte, dauerte es meist nicht lange, bis sich jemand zu ihm setzte, mit ihm erst ein höfliches Gespräch über das Wetter oder die Politik des Kaisers führte, um dann Gehör für die persönlichen Sorgen zu finden. Kazimierz war ein geduldiger Zuhörer, er sprach kaum, nickte an den richtigen Stellen, während er nebenbei die Arbeit am Instrument fortsetzte. Er wusste, dass die Menschen nicht am Gespräch mit ihm interessiert waren, seine Person und Funktion nutzten, um eigene Konflikte durch Monologe zu verarbeiten, ohne Gefahr zu laufen, sich in irgendeiner Art bloßzustellen, denn er verschwand schnell und kam erst Monate später wieder.

Man erwartete keine Antworten oder Meinungen von ihm. So wie er sein Gehör zur Grundlage seines Berufes genommen hatte, so wurde es von seinen Kunden zusätzlich als willkommener Ort für Vertraulichkeiten genutzt, die man dort so gut aufgehoben sah wie die Instrumente unter der Kontrolle seiner Hände.

Manche waren zu Beginn der geschäftlichen Beziehung misstrauisch und stellten ihm ein Hausmädchen zur Seite, das darauf zu achten hatte, dass der alte Jude seine Finger auch ja nur an Tasten und Wirbeln lang mache. Dieses Misstrauen verschwand meistens schnell, oft schon beim ersten Termin, wenn besagtes Hausmädchen die Wachsamkeit vergaß, weil er sich konzentriert und gezielt der Arbeit widmete und es froh war, sich über seine Hausherren oder die anstrengende Arbeit auslassen zu können. Kazimierz war ein schlecht einzuordnendes Faktotum, er stand irgendwo zwischen Diener- und Herrschaft, unbestimmbar genug, um von beiden Seiten als vertrauensvoll eingestuft und als Beichtvater für Nöte und Sorgen genutzt zu werden.

Er war sozusagen der Friseur unter den Musikhandwerkern. Manchmal scherzte er, würde er einen Laden mieten und einen Flügel oder ein Klavier und ein paar Stühle hineinstellen, so würde es nicht lange dauern, bis sich jemand in diesen Musikantensalon setzen und ihm sein Leid klagen würde.

Er hätte auch ein Schild an die Hauswand des Hauses in der *ul. Szeroka*, in dem er lebte, hängen können, so wie die Schuster und Schneider es mit ihren Schildern taten. *Klavierbeichte Katzenstein* hätte er beispielsweise darauf schreiben und eine Karikatur seiner selbst mit übergroßen Ohren und verschwiegen aufeinandergepressten Lippen darunter malen können.

Sein Klavier – er besaß keinen Flügel, dazu war die Wohnung zu klein – stand an der Wand neben dem Fenster. Unter dem Fenster war der Tisch, auf dessen Platte man wundervoll Tastenfolgen spielen konnte, wenn man frühstückte oder die Zeitung las und die Finger dabei nicht ruhen wollten. Auf der Fensterbank war sein Essgeschirr aufgereiht, eine Tasse, ein Teller, eine Kanne, eine Schüssel. Wollte er im Sommer das Fenster öffnen, nahm er sein Geschirr hinunter und ließ es auf dem Tisch stehen. An der Wand der Wohnungstür gegenüber war der Ofen, über dem Töpfe und Kochgeschirr hingen, daneben stand die Kohlenkiste mit der Kelle und dem Schürhaken, der ihn so wunderbar an die Schläge seines Vaters erinnerte. Neben dem Ofen hatte er sein Nussbaumbett mit dem schön geschnitzten Kopfteil aufgestellt. Die Wand war oben verputzt, ungefähr auf der Höhe eines Meters war der Putz jedoch abgefallen und man sah die roten Ziegelsteine. Hatte er morgens keine Lust, sofort aufzustehen und den Ofen zu schüren, um Wasser aufsetzen zu können, betrachtete er die Risse im Putz und spielte mit den Augen eine Sonate auf den Ziegelsteintasten. Wenn er Instrumente zu stimmen hatte, nahm er sein Köfferchen und ging aus dem Haus. Wenn er keinen Auftrag zu erledigen hatte, ging er auch aus dem Haus, lief durch das Viertel, oder setzte sich, wenn es Sommer war, so wie jetzt, auf die kleine Bank vor dem Haus und beobachtete die Putzorgien von Paulina Rosenberg, bis er ihre Stimme nicht mehr ertrug. Das war sein Leben, mehr hatte er nicht, mehr brauchte er nicht.

Nicht selten hatte er bei der Ausführung seines Berufes in jüngeren Jahren eindeutige Angebote von weiblichen Hausbewohnerinnen bekommen, wobei eine adlige Dame nicht einmal davor zurückgeschreckt war, ihm in feinster Pariser Wäsche aufzuwarten, was ihn unangenehm berührt und in die Flucht geschlagen hatte. Die spitze schmale Nase, das knochige Gestell ihres Körpers in der lachsfarbenen Spitzenkreation, ihr lüsterner Blick und die ordinären Worte, die sie zischend ausgestoßen hatte, als sie den seidenen Morgenmantel von den schmalen Schultern hatte gleiten lassen, sein Zurückweichen und das Stolpern hatten sich ihm peinlich eingebrannt.

Seit sein Haar weiß und schütter, sein Rücken leicht gekrümmt und sein Blick verschleiert geworden waren, gingen die Angebote der eindeutigen Art zurück, keine Frau wartete ihm mehr im flatterigen Hemdchen auf. Seine Funktion als willkommener Sorgentopf hingegen wurde verstärkt genutzt.

Dennoch waren ihm Elisas Beteuerungen unangenehm. Er wollte am liebsten gar nichts von ihrer Liebe zu Jarosław wissen, was aber nicht möglich war, denn sie redete im Grunde von nichts anderem. Auch er wusste, dass die beiden heiraten wollten, denn das hatte Elisa ihm einmal selbst erzählt. Was er nicht wusste, war, wie ihre Eltern dazu standen. Er hatte plötzlich das Gefühl, die Hitze des Sommers sei im Haus ebenso stark wie draußen, denn ihm wurde schwarz vor Augen und er musste sich am Flügel abstützen; er sah schon seinen Kopf auf die Kante des Instrumentes knallen.

»Gestern haben wir zusammen auf dem Bösendorfer gespielt, als Anton und Sofia in der Stadt waren«, sagte Elisa und versuchte die Aufmerksamkeit ihrer Schwester zu erlangen, die aber noch nicht einmal von ihrem Buch aufsah. Deshalb gab Elisa ihrer Stimme nun einen geheimnisvollen Unterton, der Kazimierz trotz seines Unwohlseins leise lächeln ließ. Der Schwindelanfall verging ebenso schnell wieder, wie er gekommen war, und der Klavierstimmer nahm seinen Koffer, um mit der Arbeit zu beginnen.

»Dabei hat Jarek mir etwas ins Ohr geflüstert.« Elisa legte den Kopf auf ihre Schulter und drehte eine Haarsträhne zwischen den Fingern.

Katarzyna reagierte darauf immer noch nicht, und

Elisa sagte: »Er hat gesagt, Beethoven müsse bei der Komposition des Stückes *Für Elise* nur an mich gedacht haben, denn es sei ebenso schön wie ich.«

Katarzyna lachte, ohne die Augen von ihrem Buch zu nehmen.

»Elisa, dann wärst du ziemlich genau 95 Jahre alt«, sagte sie, »und einer so ollen Schachtel würde Jarek bestimmt nichts flüstern. Außerdem hat Beethoven das Stück gar nicht für eine Elise, sondern für eine Therese geschrieben. Um genauer zu sein: für Therese Malfatti, die Tochter eines Wieners. Also hast du noch nicht mal etwas mit ihr gemeinsam, außer ebenfalls unter der Herrschaft Österreichs zu stehen. Ludwig Nohl hat für die Biographie Beethovens einfach dessen notorisch unleserliche Handschrift falsch transkribiert.«

Als Elisa etwas erwidern wollte, ließ Katarzyna sie gar nicht erst zu Wort kommen, stieß die Katze vom Schoß und meinte barsch: »Noch dazu ist es ein sehr dummes Stück. Die Bagatelle baut doch letztendlich nur auf ihren hohen Wiedererkennungswert. Beethoven hat gewiss schon deutlich in Richtung Romantik gewiesen, sein Schaffen fällt sogar in den Beginn der Epoche, aber die wirklichen Gefühlsüberschwänge wurden erst später inszeniert, beispielsweise von Schumann, Chopin und Liszt. Es hängt einem schon zum Halse heraus, dass jeder junge Mann, der sich an einen Flügel setzt, meint, er müsse zur Begeisterung der anwesenden Damen dieses, technisch nicht einmal anspruchsvolle, Klimperstück zum Besten geben.«

Und dann folgten ihre Augen weiter den Buchstaben auf den Seiten ihres Buches.

Elisas Gesichtsfarbe war bei den Worten ihrer älteren Schwester immer dunkler geworden, sie zupfte unruhig an der Tischdecke, was Katarzyna aber gar nicht wahrnahm. Deshalb merkte sie auch nicht, wie aus Elisas Verzweiflung Wut wurde, als sie weitersprach: »Wenn Jarek nur ein wenig von anspruchsvoller Musik verstehen würde, hätte er dir doch eher das *Adagio sostenuto* der *Mondscheinsonate* vorspielen können, denn das ist wirklich romantisch und von ganz anderer Gefühlstiefe und damit weitaus überzeugender als die abgegriffene *Für Elise*-Schmonzette.«

Nun wurde es Elisa endgültig zu viel, denn wenn sie eins nicht mochte, dann war es Kritik an dem von ihr so verehrten Jarosław und seinen Fähigkeiten. Ihre Wangen waren rot geflreckt vor Wut, als sie ihre Schwester anschrie: »Dafür werde ich heiraten und glücklich sein, während du noch als alte Frau nur mit deinen Büchern dasitzen wirst!«, und dann heulend den Raum verließ.

Ihre stampfenden Füße verfingen sich im Rocksaum, sie stolperte über eine Katze, was sie beinahe zu Fall gebracht hätte und ihre Wut nur noch wachsen ließ. Elisa knallte die Tür des Salons so laut hinter sich zu, dass das Geschirr in den Vitrinen klirrte und Kazimierz zusammenzuckte, obwohl ihn der Ausbruch nicht überraschte.

Katarzyna hob erstaunt den Blick, sah ihrer Schwester irritiert nach und sagte dann stirnrunzelnd zu Pan

Kazimierz, der eben einen Stimmhammer aus dem alten Lederkoffer mit den rostigen Schnallen nahm: »Weiß sie denn nicht, dass ich gar nichts anderes möchte?«

Sie erwartete keine Antwort und las gleich weiter, also holte Kazimierz weiteres Stimmwerkzeug aus dem alten Köfferchen. Nachdem er die Hämmerchen, die Stimmkeile und die Stimmgabel sorgsam auf dem Beistelltischchen ausgebreitet hatte, von dem er erst eine andere Katze nehmen musste, öffnete er die Tastenklappe. Seine Arbeit verrichtete er konzentriert, wenn ihn auch das Gemauze und der Gestank der Katzen störte. Die Katzen waren im ganzen Haus, sie liefen über Anrichten, balancierten auf den Schränken und lagen auf Sesseln und der Ottomane. Überall Katzen, die sich unaufhaltsam vermehrten und ausbreiteten. Stechender Uringeruch saß im Gebäude, den Agnieszka durch kein Putzmittel mehr zu vertreiben mochte. Als Karol noch im *dwór* gewohnt hatte, hatte es das nicht gegeben, da hatten die Tiere außerhalb des Hauses bleiben müssen. Damals hatte es keine Katze gewagt, die Schwelle zu übertreten, auch nicht, wenn es Winter und eisig kalt gewesen war. Aber seit Karols Auszug war alles anders geworden, der *dwór* war vernachlässigt. Die Katzen verrieten einiges über Elżbietas Verständnis der Hauspflege. Einmal hatte eine Katze sogar im Mehlsack in der Speisekammer geworfen.

Das Mauzen und Trappeln, die Geräusche der feinen Drehbewegungen seines Stimmhammers sowie der angeschlagenen Quarten, Quinten und Oktaven und das

Rascheln des Papiers, wenn Katarzyna umblätterte, erfüllten den Raum. Kazimierz war mit seinen Gedanken bei Elisa und Katarzyna. Er dachte darüber nach, wie auffällig der Unterschied zwischen den beiden Mädchen schon rein äußerlich war.

Elisa und Katarzyna entsprechen dem alten Mythos der Schwestern, die sich gleichen wie Tag und Nacht. Eine familiäre Besonderheit, die sich durch Sagen, Märchen und die klassischen Erzählungen der Antike zieht, eben nicht ohne einen Abstecher in dieses Haus gemacht zu haben, dachte er. Im Mythos ist meist eine der Töchter gut und hübsch und die andere böse und hässlich. Oder es gibt den Gegensatz zwischen fleißig und faul, geliebt und ungeliebt, klug und dumm oder fromm und lasterhaft, zählte er in Gedanken auf. Vielleicht ist die eine gar heilig und die andere eine Hure. Während die eine mit allen guten Eigenschaften gesegnet ist, hat die andere nur die schlechten abbekommen. Das kennt man von Elektra und Iphigenie, von Antigone und Ismene, von Alina und Balladyna, von Goldmarie und Pechsophie, schloss er den Vergleich ab. Es verwunderte ihn selbst, wie sehr ihn diese Betrachtung in Beschlag nahm. Er kannte beide Mädchen von Geburt an, ihre Unterschiede waren ihm also nie fremd gewesen, aber er hatte noch nie so intensiv darüber nachgedacht wie an diesem Tag.

Er konnte die Charaktere von Katarzyna und Elisa Laub nicht nach moralischen Qualitäten unterscheiden. Aber unterschiedlich waren sie, und das sogar sehr.

Katarzyna, die Ältere, erinnerte an einen Raben. Dunkelhaarig, die Augen fast schwarz, so wie die ihres Vaters Karol. Ihre Statur war für ein junges Mädchen etwas zu kräftig, fast schon untersetzt. Mit ihren runden Armen wedelte sie unablässig herum. Das Rabenhafte musste sie von ihrer Großmutter Małgorzata haben, deren – zwar viel magerere – Gestalt in schwarzen Gewändern über die Kirchhofplätze Krakaus huschte, um ja keine Messe zu versäumen. Katarzyna war wissbegierig und mochte sich nur mit Fakten zufriedengeben. Was sie liebte, war, sich auf Tatsachen zu berufen und damit außerhalb jeder Unglaubwürdigkeit zu stehen und über jeden Zweifel erhaben zu sein. Dann blitzten die schwarzen Augen unter den Lidern und ihr Gesicht bekam einen fordernden Ausdruck, der einen fast einschüchtern konnte. Den Zeigefinger dozierend erhoben, die Finger der anderen Hand ein Staccato auf der Tischplatte trommelnd, ließ sie sich auf jede Diskussion ein und duldete keine Widerworte, wenn diese nicht eindeutig zu belegen waren. Im Dialog war sie hart und unnachgiebig, jedoch ohne dabei rechthaberisch oder gar ungerecht zu werden.

Elisa hingegen wirkte neben ihrer Schwester zerbrechlich und durchscheinend, einem Hauch Seide gleich, als würde ein starker Wind ausreichen, sie in Fetzen zu reißen.

Sie glich mehr der Mutter Elżbieta, deren dünne Haarsträhnen sie ebenso geerbt hatte wie deren blaue Augen. Auch war sie schmal und langgliedrig wie ihre

Mutter. Elisa war ständig in eine Phantasiewelt versunken, die ihre Schwester Katarzyna niemals freiwillig betreten hätte. So wie ihre Mutter während der Schwangerschaft mit ihr umnachtet durch den *dwór* gegeistert war, so liebte es die Tochter, mit glasigen Augen und geröteten Wangen durch das Haus oder das umliegende Gelände zu streifen. Mancher hatte geglaubt, dieses Kind müsse, aufgrund des mütterlichen Verhaltens und des väterlichen Auszuges während der Schwangerschaft, ein besonders trauriges und schwermütiges werden, doch diese Prophezeiung war nicht in Erfüllung gegangen. Eher war Elisa sogar von fröhlicher und unbelasteter, wenn auch etwas zu verträumter Natur geraten. Wo der eine ihr diesen Charakterzug aufgrund des schweren Einstiegs ins Leben großmütig nachsah, erkannte der andere den Wahnsinn des Vaters. In ihrer Kindheit hatten ihre Phantasien von Abenteuern, guten Taten, Berühmtheit oder einem sprechenden Vater gehandelt, nun war nur noch Jarosław Koźny und ihre Liebe zueinander Gegenstand ihrer Träumerei. Das, was sich Elisa zusammenphantasierte, hätte nicht nur ihre nüchterne Schwester als kitschige Auswürfe eines Denkens ohne Verstand bezeichnet. Denn sie malte sich pastellfarbene Bilder aus, in denen Jarosław und sie von einer – für Elisa vermeintlich romantischen – Situation in die nächste stolperten. Mit glühendem Blick sah sie ihn dabei immer genau vor sich: Jarosław, den sie von Kindertagen an kannte, da er im *dwór* nebenan groß geworden war. Jarosław, dessen Haarfarbe der ihren so glich. Jarosław, den sie nur für sich Jaruś nannte.

Der Moment, in dem Jarosław Koźny vom frechsten der Nachbarssöhne, die ihr brutale Streiche spielten, zu einem anderen, erst Unbeschreibbaren wurde, war zeitgleich mit den Veränderungen ihres Körpers eingetreten.

Das Wachsen der Schambehaarung hatte sie zutiefst schockiert und verschreckt. Ihre Gedanken waren klar in Richtung einer unheilbaren Krankheit, deren Verlauf zu einem baldigen Tode führte oder, noch schlimmer, einer Abnormität ihres Körpers gewandert.

Mit dem Gedanken an ihren frühen Tod hätte Elisa sich gut anfreunden können, sie hatte sich schon ihre Beerdigung und die unbegrenzte Trauer ihrer Familie ausgemalt. Sich selbst sah sie blass, aber wunderschön, von Blumengestecken umkränzt, umgeben von weinenden Menschen, die ihren Verlust kaum verschmerzen konnten. Die Familie würde Ströme von Tränen weinen, die zu einem Meer unter ihrem Sarg zusammenflößen. Selbst ihre garstige Schwester würde sich das Weinen nicht verkneifen können, sie würde es still tun, die dicken Tränen würden langsam aus den Augen über ihre Wangen laufen. Ihr schlechtes Gewissen wäre groß, unermesslich groß, sie würde sich verfluchen, sich tagelang durch selbst auferlegtes Leseverbot kasteien und wünschen, dass sie doch freundlicher zu ihrer nun frühzeitig verstorbenen Schwester gewesen wäre. Ihr Vater würde ihre Mutter in den Arm nehmen, um sie zu trösten. Dann würde er zu ihr in den *dwór* ziehen, um sie in der Trauer um den schweren Verlust nicht alleine zu lassen. So hätte Elisa durch ihren Tod die Eltern zusammengeführt, und dafür würden sie und Katarzyna ihr auf ewig dankbar sein.

Aber eine Abnormität des Körpers hätte bedeutet, dass man damit weiterlebte, dass man damit weiterleben musste und dem eigenen Mann diesen Makel irgendwann nicht mehr vorenthalten konnte, was bedeutete, dass seine Liebe rasant versiegen würde.

Elisa hatte nicht gewusst, dass ihre körperliche Entwicklung normal war, da sie noch nie einen Menschen ohne Bekleidung gesehen hatte. Wo andere Kinder die Möglichkeit hatten, heimlich und hinter verschlossenen Türen die Unterschiede und Gemeinsamkeiten ihrer Körper zu erkunden, mussten die Schwestern Laub auf diese Art der Aufklärung verzichten.

Elżbieta hatte nicht das Bedürfnis verspürt, sich dem unangenehmen Gespräch über die Eigenheiten des weiblichen Körpers mit ihren Töchtern zu stellen. Sie war der Meinung, ihren Töchtern das Leben geschenkt, sie unter Qualen geboren zu haben, reiche an Aufopferung für ein Leben, und den Rest könne Agnieszka besorgen.

Das Pubertieren des Körpers hatte in Elisa zusätzlich einige psychische Veränderungen ausgelöst. Die Erste war, dass sie noch abwesender wurde als zuvor. Stundenlang konnte sie vor dem Spiegel stehen, ihr Haar bürsten oder einfach nur ihre plötzlich unförmige

Nase, ihr spitzes Kinn, ihre Augen betrachten. Und letztendlich hatte sie den ältesten Nachbarssohn nicht mehr angsteinflößend, sondern eher interessant gefunden. Ihr gefielen sogar seine Segelohren, deren Benennung sie sonst als Waffe gegen ihn eingesetzt hatte, wenn er sie mit faulem Obst beschmissen oder zum Osterfest mit Wasser begossen hatte. Nun fand sie, er habe die schönsten Ohren des Landstriches, der ganzen Stadt Krakau, ach was, ganz Galiziens!

Zudem hatte selbst Elisa gewusst, dass ein möglicher Ehemann nicht wie Phönix aus der Asche steigen würde. Dass es in ihrem Leben aber einen geben musste, war für sie ebenso unumgänglich wie lebensnotwendig. In ihrem Fall käme aber nicht mal einer einfach aus der Stadt vorbeispaziert, zumindest war die Wahrscheinlichkeit sehr gering, dass sich ein fremder, noch dazu gut aussehender Mann auf ihr Grundstück verirrte. Da ihre Mutter mit ihr keine gesellschaftlichen Anlässe oder Tanzbälle, ja nicht einmal die Stadt aufsuchte, war ihr das Glück, einen potenziellen Verehrer wenige hundert Meter weiter wohnen zu wissen, noch unfassbarer erschienen.

Seitdem spürte Elisa in bestimmten Situationen, wenn sie beispielsweise die frische Sommerabendluft atmete und dabei den Birnbaum im Innenhof betrachtete oder wenn sie in der morschen Laube saß und der Duft der Nelken den Weg in ihre Nase gefunden hatte, in ihrem Inneren etwas, das sie nicht zu benennen wusste. Es war ein Gefühl, das sich in Brust und Bauch ansammelte, dort für Unruhe sorgte, sie aber gleichzeitig Erfüllung spüren ließ. Etwas in ihr war wie zum Bersten gefüllt. Es musste die Sehnsucht nach Liebe, eine gewisse Sinnlichkeit und wahrscheinlich sogar Begierde sein, was in ihr so unruhig war, wie das Wasser im Teekessel kurz vor dem Pfeifen. Gut, dass sie nicht wusste, was es war, sonst wäre ihr dessen Unanständigkeit bewusst geworden. Elisa träumte also unbedarft und unschuldig von der Liebe.

Katarzyna hingegen hatte in ihrem Wesen keinen Raum für Liebe. Sie befasste sich mit ihr als Phänomen bei anderen. Betrachtete deren Verhalten, deren Verwandlung, deren Verzweiflung. Sie selbst liebte niemanden und wollte auch von niemandem außerhalb ihrer Familie geliebt werden. Elżbieta liebte Katarzyna sicherlich. Auch wenn sie dieser Liebe keinen Ausdruck gab, musste sie irgendwo in sich eine Liebe für ihre Töchter tragen. Seit sie aber von Karol verlassen worden war, hatte Elżbieta keinerlei Gefühlsregungen mehr gezeigt, auch nicht ihren Töchtern gegenüber. Karol liebte Katarzyna, wie ein Vater sein Kind eben liebt, zu dem er kaum Kontakt hat, und er tat dies auf seine Art: ohne Worte, aber mit Wohlwollen. In beiden Fällen war es eine sachliche Liebe, die ganz Katarzynas Charakter entsprach.

Kazimierz hatte die Arbeit am Drozdowski mittlerweile beendet und goss sich den letzten Tee ein, den das Mädchen ihm zubereitet hatte. Dabei verschüttete er wieder einen Großteil auf Untertasse und Tischtuch, denn die Tülle der Kanne war abgebrochen und ein gezieltes Eingießen nicht mehr möglich.

»Ich bin fertig«, sagte er zu Katarzyna, »für die nächste Zeit dürfte es keine Schwierigkeiten geben, aber ich denke, wir kommen nicht umhin, den Flügel weiterhin alle paar Wochen zu stimmen.«

»Ich werde es Mutter ausrichten«, antwortete sie, »sie wird froh sein, einige Zeit wieder schön spielen zu können.«

Der Flügel war immer noch derselbe, der Elżbieta bereits vor achtzehn Jahren mit seinen Marotten zur Verzweiflung getrieben hatte. Kazimierz hatte schon damals versucht, die Haltbarkeit der Stimmung dauerhafter zu erhöhen, indem er die Wirbel tiefer in das Holz des Stimmstocks geschlagen hatte. Aber der Stimmstock war trotz des noch jungen Alters des Flügels von Haarrissen durchzogen. Insgeheim hatte er gehofft, dass Karol sein Gut bald besser in den Griff bekommen und genug Geld für ein neues Instrument haben würde.

Aber Karol hatte den *dwór* wenige Wochen nach der Arbeit am Instrument verlassen und seiner Frau nicht nur das Leben mit den beiden Kindern, sondern auch den Erhalt und Fortbestand der Ländereien und des Hauses mitsamt des Fehlkaufs des maroden Drozdowski überlassen. Die Aussicht, im Salon jemals einen neuen Flügel stehen zu haben, war damit vollständig zunichte gemacht worden. Es war schwer genug, als verlassene Frau alleine die Oberhand über ein Gutshaus zu haben. Reichtum war nichts, was Elżbieta für ihr Leben noch hätte erwarten können.

Kazimierz fühlte sich schuldig, als er die Freitreppe hinunterschritt und dabei einige Risse entdeckte, die ihm bei seiner Ankunft nicht aufgefallen waren. Man sah, dass es mit dem *dwór* unaufhaltsam bergab ging.

Die Fassade war grau geworden in den letzten Jahren, stellenweise bröckelte die ehemals eierschalenweiße Farbe ab, und der Vorbau war von Efeu überwuchert. Nur über der Treppe wurden die langen Triebe noch gestutzt. Für einen neuen Anstrich reichte das Geld ebenso wenig wie für einen Gärtner. Kazimierz, der auf der Treppe stehen geblieben war und seinen Blick über den Vorgarten streifen ließ, sah so klar wie nie zuvor, wie ungepflegt und überwuchert die Beete waren. Die Steinbegrenzungen waren kaum noch zu erkennen, und die Blumenstauden, die früher in den Beeten gestanden hatten, waren unter einem Teppich aus Efeu und Immergrün verschwunden, der sich übergangslos auf die Hausfassade erweiterte, um dort eine Allianz mit dem König der Überwucherung, dem Knöterich, einzugehen. Einige der Fenster im oberen Stockwerk waren von besonders vorwitzigen Trieben bereits erreicht, und Kazimierz fragte sich, wer sich die Mühe machen sollte, die Fenster frei zu schneiden, wenn es nötig werden sollte, oder ob das Haus irgendwann komplett überwachsen sein würde. Wenn Elżbieta sich dem Haus gegenüber so wenig achtsam zeigte, wie sie es sich selbst gegenüber tat, wäre es dem Verfall unausweichlich nah.

Dieser Gedanke ließ das Schuldgefühl in ihm nur noch wachsen, es schwindelte ihm plötzlich wieder und ihm war, als bliebe ihm die Luft weg. Er konnte den Anblick der hängenden Efeutriebe um sich herum nicht mehr ertragen. Sie erschienen ihm verhext, wie teuflische Schlangen, die nur darauf warteten, ihm den Hals zuzuschnüren und ihn zusammen mit dem Haus und seinen Bewohnern unter dem Teppich aus immergrünem Gewächs zu begraben. Er packte seinen Koffer fester mit der schweißnassen Hand und wollte losrennen, zügelte sich dann aber, um sich nicht der Lächerlichkeit preiszugeben. Mit straffem Schritt zwang er sich, den Weg vom Haus weg zu nehmen, und spürte, wie ihm das Atmen mit jedem Meter leichter fiel, während das Schuldgefühl gleichzeitig größer wurde. Wie ein dicker Klumpen lag es in seinem Bauch.

Elżbietas *dwór* lag ihm nicht mehr so drohend im Rücken, als er an dem von Familie Koźny vorbeiging. Das Gefühl der Beklemmung wollte trotzdem nicht verschwinden, und als meinte das Schicksal es an diesem Tag besonders schlecht mit ihm, sah er ein Stück weiter, wie Elisa und Jarosław eng beieinander auf der Obstwiese standen und miteinander lachten. Sie waren so mit sich beschäftigt, dass sie ihn nicht vorbeigehen sahen, und darüber spürte er große Erleichterung. Er hätte es nicht ertragen, das verliebte Glück in ihren Gesichtern sehen zu müssen. Auch so erschien ihm ihr Anblick schon wie ein Schlag in die Magengrube.

Der Druck in seinem Leib wurde größer und zu einem

stechenden Schmerz. Er glaubte, ohnmächtig werden zu müssen, denn seine Beine zitterten und Flecken tanzten vor seinen Augen. Sein Inneres war kalt wie Eis, von seiner Stirn aber troff der Schweiß. Schnell, doch schwankend ging er weiter, hetzte nun, spürte, dass ihm die Beine wegsacken wollten, und begann murmelnd auf sich selbst einzureden.

»Weiter, Alter, du musst weiter. Geh, geh, geh weiter.« So sprach er zu sich selbst, die Worte zum eigenen Antrieb immerfort wiederholend.

Als er sicher war, dass er niemand mehr begegnen würde, taumelte er ein Stück ins Unterholz, wollte sich an einem Baumstamm abstützen, konnte diesen jedoch plötzlich nicht mehr erkennen, so dicht tanzten die widerlich braunen Flecken vor seinen Augen. Der Stamm erschien ihm weit weg, dann ganz nah, und dann konnte er ihn gar nicht mehr sehen. Der Klavierstimmer hatte ein Rumoren im Bauch, die Übelkeit nahm ihm die Kraft aus den Beinen, ließ sie ihm wegsacken. Er rutschte mit dem Oberkörper gegen das Gehölz, die Beine gaben nach, und halb hängend, halb stehend übergab er sich. Er würgte, bis nur noch saurer Saft seine Kehle hochgekrochen kam, und dann weinte er.

Angelehnt an einen Baum ließ Kazimierz die Tränen fließen. Sie rannen ihm über Gesicht und Hemdbrust, der Rotz hing ihm aus der Nase, auf seiner Brust lief ein Strom kalten Schweißes, und alles vermischte sich mit seinem ausgespienen Mageninhalt, während sein Körper von Krämpfen geschüttelt wurde.

III Flausen im Kopf junger Damen

An den Fußsohlen kitzelten die Grashalme. Die großen Blätter der Königskerze fühlten sich weich an, sah Elisa welche, blieb sie stehen, um mit dem Fuß über die pelzige Oberfläche zu streifen. Die Blütenstängel waren so groß wie sie selbst. Wie gelbe Fackeln standen sie auf den Wiesen. Elisa riss eins der Blätter ab, drehte es zwischen den Fingern, während sie weiterlief, und streichelte ihre Wangen und die Innenseite der Arme damit.

Unter den Weiden war das Gras feucht zwischen den Zehen, und die Schritte quietschten eigentümlich, wenn sie nur langsam genug auftrat. Es war die Zeit der ersten heißen Tage, doch hier am Flussufer, im Schatten der Bäume, gewann die Sonne den Kampf gegen die Feuchtigkeit der Nacht erst nachmittags.

Sie nahm die Schuhe von den Schultern, öffnete die verknoteten Schnürsenkel aber nicht. Sie hängte die Schuhe an einen abgebrochenen Ast des Baumes, dann mussten sie nicht so verloren zwischen den grünen Halmen liegen. Elisa mochte sich nicht setzen, dann wäre ihr Rock nass geworden und womöglich hätte er Flecken bekommen. Ihr Haar hatte sie von Agnieszka hochstecken lassen, sie wusste, dass Jarek ihren Nacken gerne frei sah, wenn er auch ebenso gerne in ihr Haar griff.

Wie bei ihrer Mutter, in deren jungen Jahren, ging von Elisas Haar eine große Anziehungskraft aus. Wenn sie es nicht hochgesteckt trug, flocht sie es in einen strengen Zopf, der ihr weit über die Taille hing und bei jedem Schritt, dem Strang einer Peitsche gleich, um ihre Hüften schwang. Diese Assoziation ließ, gepaart mit dem Widerspruch zu ihrem verträumten Wesen, die wenigen Männer, die Elisa sahen, schlichtweg verrückt werden. Dazu trug die Tatsache, dass sie eigentlich eine Brille benötigte, nicht unwesentlich bei. Sie schaute verschwommen auf die Welt, und dieser Blick gab ihr etwas Verruchtes, das die durch den Peitschenzopf ohnehin schon aufgeheizten Phantasien noch wachsen ließ. Während sie umherlief, um in Unschuld und Naivität von einer Heirat mit Jarek zu träumen, gaben sich die Waldarbeiter des Koźny'schen Gutes oder die Männer beim sonntäglichen Kirchgang ganz anderen Träumen hin.

Elisas Ausstrahlung hatte zur Folge, dass jeder sie anfassen wollte. Sie vereinte alle weiblichen Tugenden wie Sittsamkeit, Anmut, Demut und Folgsamkeit in ihrem Charakter, gleichzeitig führte ihre körperliche Präsenz nicht selten zu eindeutigen Annäherungen. Ihre Oberarme wurden unauffällig gestreift, ihr Zopf um fremde Handgelenke geschlungen, Atem der Erregung in ihren Nacken geblasen. Arme wurden unverhofft um ihre Taille gelegt, schwitzige Hände landeten auf ihren Hüften, hinterließen warme Abdrücke auf ihrem Hintern oder sogar auf ihrer Brust, griffen in ihr Fleisch, kneteten es, während besonders anzügliche Finger auch schon mal versucht hatten, in ihren Schritt zu gelangen. Die jungen Polen ihrer Umgebung schienen außerdem ein großes Interesse daran zu haben, Elisa einen Abdruck ihrer unkontrollierbaren Erektionen an den Körper zu pressen. Diese Überfälle, die stets in der gesicherten Atmosphäre einer Kirchbank oder eines Gedränges stattfanden, führten zu einer großen Verwirrung Elisas. Sie hatte kein Bewusstsein für ihre Körperlichkeit und fand keinen Zusammenhang zum Verlangen, dessen Ziel sie war. Selbst das nächtliche Geschrei der Katzen hielt sie in seiner Grässlichkeit für Kampfgeheul.

Sie war zu früh losgelaufen, denn jetzt war sie vor Jarek da, und er noch nicht einmal zu sehen. Es ärgerte sie ein wenig, denn sie hatte sich vorgestellt, wie er auf sie warten würde. Natürlich hätte er sich an den Stamm der Weide gelehnt, die Arme verschränkt, den einen Fuß vor dem anderen auf der Stiefelspitze abgestellt. Vielleicht hätte er einen Grashalm abgerissen, der ihm lose zwischen den Lippen hängen würde. Während er dort im Schatten auf sie wartete, würde sie, eingehüllt vom warmen Sonnenlicht, langsam auf ihn zukommen, und er würde sich erst rühren, wenn sie schon vor ihm stände.

So war Elisa. Auch wenn sie das Gras an den Füßen, die Sonne auf der Haut spüren und die Geräusche um sich herum hören konnte, waren ihre Gedanken immer woanders. Vernunft prallte an ihr ab und verpuffte wie ein Tropfen Wasser, der versehentlich in eine Pfanne heißen Fetts geraten war.

Elisa suchte stets einen Gesprächspartner, mit dem sie über ihre Vorstellungen und Zukunftspläne sprechen konnte. Ihre Schwester ließ sich darauf selten ein, und wenn, dann verärgerte sie Elisa durch ihre harsche Kritik. Der Klavierstimmer und ihr stummer Vater boten sich ihr als angenehmere Zuhörer. Wenn sie ihren Vater sah, was einmal im Monat geschah, und ihm dann von ihrer großen Liebe zu Jarosław Koźny und den dazugehörigen Hochzeitsplänen erzählte, schüttelte er zwar mit dem Kopf und ließ seine dunklen Augen sorgenvolle Blicke schicken, aber er machte sich wenigstens nicht darüber lustig wie Katarzyna und hielt ihr auch keine Vorträge über Flausen im Kopf von jungen Damen, die noch jede ins Unglück gestürzt hätten. Der Klavierstimmer hörte ihr immer zu, ohne Kommentare beizusteuern, und nach den Gesprächen mit ihm oder Karol war Elisa jedes Mal glücklich, dass wenigstens die beiden Männer sie verstanden und der Vater sich ihren Plänen nicht widersetzte, was nur daran liegen konnte, dass er sie guthieß, wie sie selbst es tat. Dass ihr Vater ihr nicht widersprach, weil er nicht sprechen konnte, kam ihr nicht in den Sinn.

Ihre Mutter Elżbieta war immer sehr wortkarg, sie sprach kaum mit ihren Töchtern, die sie im Grunde nur sahen, wenn sie am Flügel oder mit ihnen zu Tisch saß.

Dann war sie still und abwesend, sah zum Fenster hinaus und betrachtete den Wechsel der Jahreszeiten am Geäst des Birnbaums im Innenhof. Vielleicht war sie aber auch so in sich versunken, dass sie gar nichts wahrnahm, der Löffel blieb oft noch lange in ihrer Hand liegen, wenn die Suppe schon kalt geworden war. Sie aß kaum etwas, und das wenige, was den Weg in ihren Mund fand, schien sie weder zu schmecken noch zu kauen. Ohne jegliche Anstrengung ließ sie Nahrung zwischen die schlaffen Lippen gleiten und die Kehle hinabrutschen. Selten schien auch nur ein Wort von dem, was ihre Töchter sprachen, zu ihr vorzudringen, und selten hatte Elżbieta Wörter in sich, die ihr wichtig genug waren, um sie ton- und blicklos über den Tisch zu den Mädchen zu schicken. Ihre Haare waren von grauen Strähnen durchzogen, und in die dünne Haut um die Augen hatte sich ein Netz aus knittrigen Falten gelegt. Das Blau ihrer Augen war so stumpf geworden wie ihr Blick trüb. Und Agnieszka, die Elżbieta abends auskleidete und zu Bett brachte wie ein Kind, sah, dass das beständige Schlafen in zusammengekauerter Position Furchen in das Dekolleté ihrer Herrin gegraben hatte, die auch im Laufe des Tages nicht mehr verschwanden.

Schon als die Mädchen noch Kinder gewesen waren, hatte Agnieszka sie betreut. Leben war in Elżbieta nur dann erwacht, wenn sie ungestört am Flügel sitzen konnte, um Kompositionen von Mozart zu spielen, deren Tiefgründigkeit und das filigrane Spiel derselben sie immer schon geliebt hatte. Davon hatten ihre Töchter freilich nicht mehr mitbekommen als das entfernte dumpfe Tönen der Tasten, das durch die Zimmerdecke vom Salon bis in ihre Zimmer gedrungen war. Vor der Schwangerschaft mit Elisa hatte Elżbieta durchaus Freude an Katarzyna empfunden. Das Kitzeln des pummeligen Säuglings hatte ihr Glücksgefühle verursacht, mit der Geburt von Elisa war jedoch eine Pauschalablehnung beider Töchter einhergegangen. Als die beiden Kinder gewesen waren, hatte sie manchmal gedacht, sie müsse doch etwas mit ihren Töchtern unternehmen. Seltsamerweise hatten sie diese Anfälle von Pflichtgefühl, diese Wachheit in Erziehungsfragen immer abends vor dem Einschlafen überkommen. Morgens bei Erwachen erschien ihr die Anstrengung einer gemeinsamen Unternehmung dann zu groß.

Der Schlaf hatte eine Art, Elżbieta zu rufen, der sie nicht widerstehen konnte. Dieser Ruf war seit der Schwangerschaft der jüngeren Tochter so laut, so eindringlich, schon damals hatte sie gemerkt, wie ihr der Schlaf alles Denken, alle Sorgen, alles Fühlen bis auf das des Schlummerns nahm. Das Wegdämmern in den schweren weichen Kissen, das Einsinken in die Matratzen, wenn der Körper schlaff und schwer wurde, war ihr so angenehm, dass sie es kaum erwarten konnte, in diesen Zustand zu verschwinden. Morgens war der Schlaf tief und fest, so dass sie bei ihrem späten Erwachen das Gefühl hatte, gerade erst eingeschlafen zu sein. Mittags fühlte sie sich schon wieder erschöpft, ihre Kraft reichte für das monotone Anschlagen einiger tiefer Töne, die ihrer dumpfen Stimmung entsprachen. Nachmittags war sie so müde, dass sie wieder schlafen musste, heiß und schwer, betäubt schwitzend. Nur abends packte sie eine unruhige Wachheit, sie klimperte auf den Tasten, jedoch ohne genügend Konzentration für die Stücke Mozarts.

Seitdem ihr Ehemann Karol sie verlassen hatte, hielt sie es mit den Worten der Gräfin von Orléans, die diese nach dem Mord an ihrem Mann zelebrierte: »Nichts bleibt mir, mir bleibt nur das Nichts.« Es wäre nicht verwunderlich gewesen, hätte auch sie Wandbehang um Wandbehang mit diesem Spruch bestickt, so sehr ließ sie sich gehen. Elżbietas Apathie, ihre Schwermut, die sie nach Elisas Geburt nie mehr abgelegt hatte, lag wie ein Schatten über jedem Zimmer des Hauses. Ihre Stimmung hatte sich bis in die letzten Ecken des Gebäudes gefressen, das Haus in Beschlag genommen und sich einem besonders penetranten Geruch gleich im Gemäuer festgesetzt.

So kannten die zwei Mädchen ihre Mutter nur als eine fremde, in ihre eigene Welt entrückte Person, zu der sie keinen Zugang finden konnten.

Die Sonne schien jetzt heißer, und auch im Schatten war nicht mehr viel von der Kühle und Feuchte zu fühlen, die bei Elisas Ankunft am Fluss Milderung versprochen hatte.

Sie war achtzehn Jahre, alt genug, wie sie fand, endlich ihren Jarek heiraten zu dürfen. Dessen tumbe Schwester Beata war mit Jareks Freund Mikołaj verheiratet, seit sie sechzehn war. Jarek und Elisa hatten schon oft von ihrer Hochzeit gesprochen. Sie waren wie Kinder, ohne Sorge, ohne Nachdenken, es schien ihnen einfach unausweichlich und als das einzig Richtige. Für Zweifel, für Zögern, für eine Hinterfragung war keine Zeit zu verschwenden. Es war so, wie die erste Liebe immer ist, voll von Stärke, an deren Festigkeit noch kein Kratzer der Erfahrung zu finden war, viel Hoffnung, keine böse Ahnung.

Bis vor ein paar Jahren hatte Elisa Jarek gehasst. Die Söhne von Anton und Sofia hatten es sich immer zum Spaß gemacht, die beiden Schwestern vom Nachbarhof zu ärgern und mit Streichen zu traktieren. Katarzyna war allerdings nur einmal von ihnen mit Fallobst beworfen worden. Daraufhin hatte sie den Koźny-Söhnen Ohrfeigen verpasst, dass diese tagelang außer einem schrillen Pfeifton nichts hatten hören können. Danach waren die Brüder lieber auf ihre jüngere und ihrer Schüchternheit wegen wehrlose Schwester losgegangen. Wie ein Tier hatten sie Elisa durch den Wald gehetzt, waren johlend hinter ihr hergestürmt, bis ihnen die Lust vergangen oder Elisa sich mit Schrammen und Kratzern am Körper und zerrissenem Oberkleid in einer Kuhle oder einem besonders dichten Gesträuch in Sicherheit hatte bringen können. Aus Angst, entdeckt zu werden, hatte sie das Keuchen ihrer ausgepumpten Lunge unterdrückt, die Hände vor Brust und Mund gehalten, dass sie weder Atem noch Laut verrate. Waren die Koźny-Kinder in der Nähe des Hauses, Elisa aber nicht, so hatten sie wenigstens aus Nestern gerupfte Vögelchen oder anderes Getier vor die Tür gelegt oder die Fenster des *dwór* mit fauligem Obst und Klumpen von feuchtem Dreck beworfen. Die braunen Flecken und Schlieren waren wochenlang an den Scheiben haften geblieben, bis Agnieszka sie endlich weggeputzt hatte. Und nicht selten war Elisa beim Verlassen des Hauses über ein verendetes Kleintier, das von den Katzen ausgeweidet wurde, gestolpert. Das frei liegende Gedärm, die Maden und Fliegen und der abartige Gestank hatten sie bis in den Schlaf verfolgt.

Das einzige Mädchen unter dem Nachwuchs der Nachbarn, Beata, hatte sich zwar nicht aktiv an den Misshandlungen Elisas beteiligt, ihre Brüder dafür umso mehr zu besonders bösen Ideen, wie beispielsweise Brennnesseln oder Schnecken unter den Kragen des Kleides zu stopfen, angestiftet.

Mit dem Älterwerden war das Interesse am Ärgern erloschen. Vielleicht war den Koźny-Kindern ihre Überlegenheit bewusst und somit der Reiz des Terrorisierens gering geworden. Dafür war in Jarek, dem Ältesten, ein Interesse anderer Art an Elisa erwacht. Der Übergang zwischen beidem war verwaschen, aber nicht fließend gewesen. Er hatte begonnen, Elisa auf ihren Streifzügen ohne seine Brüder aufzulauern, nicht weil er sie weiterhin tyrannisieren, sondern einfach beobachten wollte. Er war verwundert gewesen, was sie da tat, alleine im Wald, denn er sah keinen Sinn darin, Rinden und Blätter zu befühlen, stundenlang am Fluss zu sitzen, sich mit den Fingern durch die Haare oder an den Beinen entlangzufahren oder blütenrupfend über die Wiesen zu laufen. Im Sommer stieg Elisa oft in die kalten Wellen des Flusses, verharrte einen Moment am Ufer, bis der Biss des eisigen Wassers nachließ, um mit erhobenem Rocksaum so weit zu waten, dass das Wasser ihr bis zu den Knien stand. Dann betrachtete sie ihr verzerrtes Spiegelbild in den Wellen, spreizte die Zehen zwischen Kieseln und Sand. Manches Mal konnte sie kleine Forellen beobachten. Angst bereiteten ihr die Spinnen mit den langen dünnen Beinen, die sich vom Ufergestrüpp abseilten. Die Egel hingegen, die an ihren Unterschenkeln hingen, wenn sie aus dem Wasser stieg, weil die Kälte nicht mehr auszuhalten war, rupfte sie einfach von der Haut.

Umso erstaunter war Jarek, dass ihm zuvor nicht aufgefallen war, wie glänzend ihr Haar, wie blau ihre Augen, wie lang ihre Arme und Beine waren. Er hatte gehofft, dass sie schmale lange Finger hatte. Unauffällig hatte er versucht, ihr zu begegnen, und war dazu laut pfeifend durch das Gelände marschiert. Elisa hatte ihn ängstlich, weil sie Arglist vermutete, angesehen. Trotz der Angst war sie auch verlegen, denn sie fand den Ältesten der Koźnys auf einmal so hübsch. Einige Wochen war er beiläufig nickend an ihr vorbeigeschritten. So hatte er herausgefunden, dass sie tatsächlich zarte langfingrige Hände hatte, dazu noch dichte Wimpern und schmale spitze Brauen über den Augen und dass er sehr viel weniger gleichgültig war, als er tat, und ihm in Wahrheit das Herz klopfte, bis er rot wurde, wenn er sie gesehen oder an sie gedacht hatte. Und Letzteres war mit einer Heftigkeit geschehen, dass er darüber abends das Einschlafen vergessen hatte. So war er dazu übergegangen, aus dem mürrischen Kopfnicken ein schnelles Grußwort zu machen. Es hatte weitere Wochen gebraucht, bis er sie wirklich angesprochen hatte. Wenn er später an seine ersten Worte zu Elisa Laub dachte, genierte er sich immer ein wenig, so tölpelhaft erschien ihm im Nachhinein das Gestammel von Wald und Wetter. Von da an aber war alles schneller und leichter geworden, und es hatte nicht lange gedauert, bis sie sich regelmäßig getroffen, Stunden miteinander verbracht und sich ihre Liebe gestanden hatten. Seit Jarek in Wien studierte, sahen sie sich seltener, aber immer noch oft genug, dass der Schmerz des Vermissens keine Chance hatte, von der Kraft des Vergessens gemindert zu werden. Jarek hätte sein Studium lieber in Krakau aufgenommen, aber sein Vater hatte es für notwendig gehalten, den Sohn ins Ausland zu schicken. Erstens war es höher angesehen, die Söhne in anderen Städten studieren zu lassen, und zweitens konnten diese sich dort unbehelligt die Hörner abstoßen, etwas, was für Anton zu den wichtigen Dingen im Leben junger Männer gehörte, solange diese sich dabei nur geschickt genug anstellten, die etwaigen Folgen nicht auf ihre Karte schreiben zu lassen. Der Junge sollte Recht studieren, denn das erschien dem Vater für eine gesicherte Karriere geeignet. Dass sein Sohn lieber etwas anderes, und zwar ausgerechnet Philosophie gewählt hätte, hatte der Vater nicht einen Moment wichtig, geschweige denn ernst genommen. Diese Idee schien ihm nur ein weiteres Indiz dafür, dass der Junge seine spätpubertären Flausen noch nicht im Griff hatte. Das Problem war in Antons Augen durch das Zustecken von ein paar Kronen und der Adresse eines *dom publiczny*, eines Bordells, schnell lösbar.

Jarek widersetze sich der Anordnung des Vaters nur insofern, dass er viel öfter als nötig nach Krakau kam. Da die meisten seiner Freunde die Jagiellonen-Universität in Krakau oder die Militärschule für den Rang des Unteroffiziers besuchten, versuchte Jarek, jede freie Zeit, und manchmal mehr als diese, zu nutzen, um mit ihnen in Krakau zusammen zu sein. Ein weiterer Grund der häufigen Aufenthalte in seiner Heimatstadt waren natürlich die heimlichen Begegnungen mit Elisa.

Bei ihrem letzten Treffen hatte er ihr versprochen, die Hochzeit werde noch in diesem Jahr stattfinden. Er müsse sich lediglich mit seinem Vater beraten, wie das Vorhaben am besten umzusetzen sei. Dass Anton nicht einmal von den Treffen zwischen seinem Sohn und der Nachbarstochter, geschweige denn von irgendwelchen Hochzeitsplänen wusste, hatte er ihr verschwiegen.

Jetzt kam er den Weg entlang auf die Weide zu. Er hatte tatsächlich einen Grashalm zwischen den Zähnen. Da waren seine Haut und seine Augen, das Haar in einer

Farbe, dass sie es mit ihrem hätte austauschen können, und keiner hätte es bemerkt.

Schönheit und Ästhetik waren Elisa sehr wichtig. Sie konnte sich nicht vorstellen, für jemanden Liebe zu empfinden, der auch nur spatelförmige Finger oder zusammengewachsene Augenbrauen hatte. Bei Jareks Ohren war sie bereit, eine Ausnahme zu machen, allerdings auch nur dort, denn sie machten ihn ein wenig jungenhaft, und das mochte sie. Da sie davon ausging, dass die Ästhetik von allen Menschen so hoch bewertet wurde, glaubte sie auch nicht, dass ihre Schwester, die sich erstens die Haare immer so streng zurückband, dass die Grobheit ihrer Gesichtszüge noch hervorgehoben anstatt gemindert wurde, und die sich zweitens bewegte wie ein ungeschlachtes Kaltblut, jemals einen Verehrer finden würde. Unverständlicherweise schien diese das aber auch gar nicht anzustreben.

Jarek hatte Augen, die immer glänzten, und nur wenn er Elisa ansah, legte sich ein Schleier vor die Pupillen, als zöge Nebel auf, der den Glanz veränderte wie ein Weichzeichner. Er hatte kleine weiße Zähne, fast zu klein, die eher nach Milchzähnen denn nach bleibenden aussahen. Da er aber schmale feine Lippen und nie Stoppeln auf Kinn und Wangen hatte, passten sie zu ihm, ergänzten seine eher zarten Gesichtszüge.

Der Inhalt seiner Worte ist unwichtig, aber die Stimme und die Augen, das ist es, dachte Elisa. Sie hörte zu, wenn er von seinen Freunden, von Wettkämpfen und Wortgefechten berichtete. Er war immer sehr detailliert in seinen Beschreibungen, keine Geste, keinen vorwitzigen Einwurf, keine scharfe Erwiderung ließ er aus. Sie wusste, wie Mikołaj gekleidet gewesen war, dass der linkische Staszek sich den süßen Kirschrumtopf, ein Weibergetränk, über sein Hemd geschüttet hatte und was Roman alles innerhalb einer Stunde gegessen hatte. Jarek schilderte ihr jeden Witz, jeden Spaß, den sie sich mit Staszek erlaubt hatten. Seine Augen glänzten vor Begeisterung.

Sie kannte jeden Sprenkel seiner Iris, jede Wimper, das kleine Mal, das auf seinem linken Lid saß, den Schwung seiner Augenbrauen. Alles war ihr so bekannt, wie ein Bauer jede Furche, jeden Stein, jeden Erdklumpen seines Ackers, wie Antons Waldarbeiter jeden Felsen, jeden Baum, jedes Tier seines Waldes kannten.

Der dunkle Klang seiner Stimme verursachte ihr ein angenehmes Gefühl im Nacken, das ihr wie warmes Wasser die Wirbelsäule hinunterlief.

Jarek aber begann zu berichten, was Roman Kowalski sich wieder ausgedacht hatte. Elisa wollte nicht hören, was es war. Sie mochte Roman nicht. Niemand mochte Roman. Er war widerlich in allem, was er tat.

Roman Kowalski war der dicke Sohn des nicht weniger dicken Leopold und der noch dickeren Maria, die mit ihm sprach, als läge er noch in den Windeln, und ihm den Hals stopfte wie einer Mastgans. Sein gewaltiger Bauch hing ihm über den Hosenbund und quoll zwischen den Hosenträgern hervor, und niemand hatte ihn je gesehen, ohne dass ihm Schweißperlen im Nacken standen. Sein massiger Schädel war kahlrasiert, was sein feistes Gesicht noch grobschlächtiger erscheinen ließ. Atmen durch die Nase schien ihm nicht möglich zu sein, sein Mund stand immer offen, um die japsend geschluckte Luft durchzulassen. Es konnte noch so kalt sein, Roman Kowalski schwitzte und schnaufte.

Er sah nicht nur unansprechend aus, sondern hatte auch einen abartigen Charakter. Eine besondere Vorliebe hatte er für Tierquälereien aller Art. Katzen hielt er brennende Zündhölzer an den Schwanz, Käfern und Spinnen riss er Beine aus, Frösche blies er auf, um sie platzen zu lassen. Dann lachte er, dem Geschrei eines Esels gleich.

Saßen die Jungen auf den Bänken der *Planty* oder vor der Marienkirche, so machte er sich einen besonderen Spaß daraus, Vögel mit Krümeln seiner *bajgle* anzulocken. Die dicken Tauben verscheuchte er mit Fußtritten. Die Spatzen aber ließ er ganz nah an sich herankommen, um dann plötzlich, und hier legte der dicke Roman eine Schnelligkeit an den Tag, die man ihm sonst nicht zutraute, seinen Fuß auf einen der kleinen Vögel zu stellen. Er hielt das Tier fest, ließ es flattern und fiepen und verlagerte dann grinsend immer mehr das Gewicht auf seinen fetten Fuß. Erst wenn das Tier sich nicht mehr regte, ihm Gedärm und Grind herausquollen, trat er es achtlos zur Seite und widmete sich wieder seinen *bajgle*.

Keiner der anderen Jungen mochte ihn, auch ohne seine Tierquälereien fanden sie ihn stinkend, dumm und abstoßend. Selbst der dämliche Stanisław Wittorek, der ununterbrochen durch seine schiefen Zähne pfiff und imaginäre Gymnastikübungen machte, war ihnen noch lieber als Roman Kowalski. Staszek verziehen sie seine trotteligen Eigenheiten, denn seine Existenz schien von seiner Geburt an unter einem schlechten Stern gestanden zu haben. Er war als Säugling nicht nur seiner Amme, einem einfältigen rotwangigen Mädchen aus Kattowitz, vom Arm gefallen, sein gesamtes Leben las sich wie die Ansammlung aller Unglücke, die einen Menschen nur ereilen können. Wo Staszek auch hinging, er stolperte, er rutschte aus, er fiel, er stieß sich den Kopf an Kanten und Türrahmen. Er schmiss um, was es umzuschmeißen gab, und verschüttete, was man nur verschütten konnte. Wo er sich auch aufhielt, schlechtes Wetter schien ihn zu verfolgen, ob in seiner Heimatstadt oder in der Sommerfrische. Und wenn sein Kopf doch einmal die Gelegenheit hatte, unter Sonnenlicht zu stehen, so fiel ihm wenigstens das Geschäft eines Vogels darauf. Worte kamen dem wunderlichen Stanisław nicht leicht aus dem Mund, es war, als ob diese an Zunge und Gaumen klebten, sich von dort nur schwerfällig lösten, um dann plumpsend aus dem Mund zu Boden zu fallen. Doch niemand wunderte sich über seine Eigenheiten, denn wie seine Mutter einmal sehr treffend gesagt hatte, konnte ein Mann mit einer solchen Nase gar nicht normal werden. Sein Gesicht war nicht nur so schmal, dass es aussah, als habe es jemand zwischen zwei Topfdeckel gehauen, derselbe musste ihm des Weiteren einen Schlag quer von rechts gegen die Nase gegeben haben.

Im Gegensatz zu Roman war Staszek jedoch gutmütig und freundlich. Die anderen Jungen fühlten sich in gewisser Weise für ihn verantwortlich. Den fetten Roman aber schleppten sie nur mit, weil ihre Eltern Freunde seit der Jugendzeit waren.

Sah man die beiden seltsamen Mitglieder des Freundeskreises nebeneinander durch die Straßen gehen, so bot sich ein Bild, das als Vorlage für jedes Witzpaar hätte dienen können. Auf der einen Seite die fast quadratische massige Gestalt des Schlachtschiffes Romek und daneben der dürre Hampelmann Staszek mit seinen Bewegungen, die an eine Marionette erinnerten.

Elisa wollte sich nicht mal durch die bloße Erwähnung Roman Kowalskis die Zeit mit Jarek verderben lassen, das Summen würde verschwinden, Jareks Stimme würde den Klang des Ekels nicht übertönen können. Elisa wollte nicht auftauchen, sie wollte nicht plötzlich frieren. Sie wollte sich drehen, immer schneller im Kreis mit ausgestreckten Armen. Also rannte sie los, vergaß die Stiefel und Roman Kowalski und rief: »Komm, Jarek, so komm doch.« An der Obstwiese blieben sie stehen, sahen sich ein wenig an und dann verlegen weg. Jarek streckte seine Arme und pflückte *papierówki*, die einzigen Äpfel, die zu dieser Zeit schon reif waren. Im Mund krachte es bei jedem Bissen, und die Ränder der Bissspuren wurden braun, sobald man den Apfel vom Mund wegnahm. Die Gehäuse aßen sie mit. Die Frisur wollte nicht mehr halten, die Nadeln stachen in die Kopfhaut, und Elisa zog sie heraus. Ihr langer Zopf fiel ihr über die Brust bis zu den Oberschenkeln. Dann ließen sie sich ins Gras fallen, es war nicht mehr wichtig, ob der Rock Flecken bekam. Der Himmel war blau über ihnen, nur die grünen Blätter des Apfelbaumes wagten die glatte Fläche zu stören.

Sie spielten *Das Gegenteil von*.

Elisa wurde dieses Wortspiels nie satt. Jarek nannte einen Begriff, Elisa das Gegenteil davon. Es ging nicht darum, schwierige Begriffe zu nennen, es ging um das Spiel als Ritual. Meist dementierte Jarek Elisas Gegenteil:

»Nein, Mann und Frau können nicht das Gegenteil voneinander sein, da sie zusammengehören, sie sind also eine Ergänzung.«

»Nein, Hass kann nicht das Gegenteil von Liebe sein. Für Hass bringt man ebenso viel Kraft auf wie für Liebe. Erst wenn man nicht mehr gewillt ist, Kraft für einen Menschen aufzubringen, liebt man ihn nicht mehr. Gleichgültigkeit muss also das Gegenteil von Liebe sein.«

Das waren die Beispiele, die sie sich jedes Mal zuspielten, um sich selbst zu bestätigen, dass sie sich niemals gleichgültig werden würden und dass ihre Liebe für ewig bestimmt sei, denn zumindest Elisa hatte früher nichts als blanken Hass auf Jarek und seine Hänseleien empfunden.

Dass die Logik, die Theorie, die Erkenntnis hinter

den Widerlegungen Jareks uralt war und er so versuchte, sie mit Fremdwissen zu beeindrucken, nahm sie gar nicht wahr. Und hätte Elisa es wahrgenommen, so wäre es ihr gleichgültig gewesen.

Sie betrachteten einander, warfen sich Wörter zu wie Garnspulen und verwoben sich mit jeder Fadenschlinge fester in ihr enges Netz. Sie spielten mit den Worten in Sätzen, die schon andere vor ihnen zueinander gesagt, die sich andere Liebespaare zur Bestätigung ihrer Liebe immer schon zugedacht hatten. Wichtig war nicht die Allgemeinheit, die die Worte mit sich trugen, wichtig war nur das wirkliche, das tiefe, das echte Empfinden derselben.

Jarek warf die kleinen Äpfel in die Luft und bat Elisa, mit einem davon auf dem Kopf für ihn wie eine Königin zu schreiten.

»Lieber bin ich dein Sohn und du bist Tell!«, rief sie und musste lachen, dass der Apfel ihr gleich wieder vom Kopf rutschte.

Die gebückte Gestalt des Klavierstimmers, die in seltsamer Krümmung und ungewohnt schnell den Weg oberhalb der Obstwiese entlanghastete, sahen sie nicht.

iv Des Gutsherren Zwillinge

Der Schweiß lief kalt von Elżbietas Kopfhaut über ihre Schläfen und in ihren Nacken und dann in kleinen zähen Rinnsalen den Rücken und zwischen den Brüsten hinunter. Das Haar hing ihr wirr in verfilzten Strähnen herunter und klebte in feuchten Nestern an ihrer Stirn.

Ihr war, als wolle das Kind nicht hinaus aus ihrem Leib in diese Welt, als sträube es sich, den schützenden Mutterleib zu verlassen. Was sollte es auch in dieser Familie, unter diesen Umständen, mit dieser Mutter und diesem Vater, der zu schweigen begonnen und im Stadthaus zu leben beschlossen hatte?

Zwei Tage und Nächte verbrachte sie nun schon im Zustand zwischen Bewusstlosigkeit und maßlosem Schmerz. Selbst die alte Malwina zeigte langsam Unruhe. Ließ Elżbieta eine Wehe – sich selbst dabei hin und her wiegend – einfach über sich rollen, so schlug die Alte ihr kräftig auf die Hinterbacken und schrie sie an, sie solle mit dem Geburtsschmerz arbeiten und ihn nicht nur über sich ergehen lassen wie eine Erstgebärende, die noch dazu schwindsüchtig sei.

Aber Elżbieta hatte keine Kraft mehr, nicht einmal zu schreien vermochte sie noch, wenn das Ziehen im Unterleib übermächtig wurde. Sie wollte nicht mehr; ertrug die Schmerzen nicht mehr, konnte das Keifen der Alten nicht mehr hören und wollte nicht noch ein weiteres Mittel zum Vorangang der Geburt versuchen. Sie hatte genug von Treppensteigen, Einläufen, Kräutersud und Rizinusöl. Nicht einmal das Kind wollte sie mehr haben, nein, dieses sowieso nicht.

Hatte man ihr nicht gesagt, die folgenden Geburten würden einfacher verlaufen als die erste? Hatte die Hebamme nicht hinter vorgehaltener Hand von einer Weitung des Geburtskanals gesprochen, was auch immer das sein mochte? Selbst ihre Mutter hatte behauptet, je mehr Kinder eine Frau bekomme, desto leichter gebäre sie, schließlich habe sie selbst genügend geboren, um Bescheid zu wissen. Dass Gott der Allmächtige ihr bis auf die jüngste Tochter die Kinder wieder genommen habe, sei letztendlich schmerzlicher als alle Geburtsschmerzen zusammen. Und hatte sie, Elżbieta, nicht zu guter Letzt auf dem Krakauer Hauptmarkt, dem *Rynek Główny*, unfreiwillig ein Gespräch zwischen zwei heruntergekommenen Marktfrauen mit angehört, die sich nicht einmal geschämt hatten, als die eine von *nur so durchrutschen* gesprochen hatte? Rau, kratzig und stinkend war das Gelächter der beiden zwischen ihren braunen Zahnstummeln hervorgekrochen.

Verächtlich dachte Elżbieta an all diese verlogenen Aussagen, sie schnaubte grimmig, was nicht an einer weiteren Wehe lag.

Die Geburt von Katarzyna war schlimm gewesen, viel schlimmer als alles, was Elżbieta sich vorher an Schmerzen und Demütigung hatte vorstellen können.

Zwölf Stunden hatte sie damals in den Wehen gelegen, Agnieszka war dabei gewesen und die alte Malwina, die auch jetzt wieder ihre Hebamme war. Nie würde sie die Scham vergessen, die sie empfunden hatte, als die Alte ihr zwischen die Beine gefasst, ihre knotigen Finger in sie hineingeschoben und dort zu Elżbietas größtem Schrecken herumgewühlt hatte.

Ihr Gesicht hatte gebrannt, heiß, sie hatte spüren können, wie sie tiefrot geworden war und ihre Wangen glühten. Zum Glück hatte Agnieszka sich während der erniedrigenden Prozedur vom Bett abgewandt und das auf dem Toilettentisch ausgebreitete Geburtsbesteck begutachtet. Elżbieta hätte es nicht ertragen, in dieser schamvollen Situation auch noch von jemand Drittem angesehen zu werden.

Später, als die Schmerzen sich zur Unerträglichkeit steigerten, hatte sie sich so sehr vergessen, dass sie ihre Schreie mit jedem neuen Ziehen im Unterleib ohne Rücksicht auf ihr Ansehen durch das Haus gellen ließ. Während die Hebamme erneut ihr Inneres betastete und dabei keine Rücksicht auf die gerade anrollende Wehe genommen hatte, war Elżbieta die Kontrolle über sich so weit verloren gegangen, dass sie die Alte geifernd mit Ausdrücken bespuckte, die sie vorher nicht einmal zu denken gewagt hätte.

Als Karol im Nebenzimmer seine junge und anmutige Frau derbe fluchen hörte und sie nicht einmal vor obszönen Ausdrücken haltmachte, war es ihm endgültig zu viel geworden. Er hatte den heimatlichen *dwór* mit den Schmerzensschreien verlassen, um nebenan mit seinem Freund Anton einige Flaschen Selbstgebrannten zu leeren und sich in dieser schwierigen Lebenssituation Trost spenden zu lassen.

In sein Haus war er erst wieder zurückgekehrt, als ihn einer der Burschen holte, seine Erstgeborene zu begutachten. Aufgrund von Karols Zustand hatte der Junge ihn das Stück Weg durch den Wald stützen und die Treppe hinaufschieben müssen.

Noch beim Aufwachen am nächsten Morgen hatte Karol geglaubt, die alte Malwina habe ihm zwei identische rotgesichtige Winzlinge mit schwarzem Haarbusch präsentiert, weshalb ihm Elżbietas Schmerzen im Nachhinein verständlicher erschienen waren. Daran, dass er über die Emailleschüssel mit der Nachgeburt gestolpert, die Hebamme mit dem frisch geborenen Säugling im Arm dabei fast mitgerissen und schließlich in voller Bekleidung mehr neben als auf der Ottomane eingeschlafen war, hatte er sich nicht mehr erinnern können.

Beim Frühstück des nächsten Tages, das für ihn erst nachmittags stattfand, hatte seine Frage nach dem Wohlbefinden Elżbietas und der Zwillinge zu befremdlichen Blicken bei den Bediensteten geführt. Agnieszka war es gewesen, die ihn schließlich darüber aufgeklärt hatte, dass es sich doch nur um ein Kind und noch dazu um ein Mädchen handelte. Seitdem erzählte man sich in der

Gegend gerne immer wieder, wie der sonst so gesetzte Gutsherr Karol Laub im Suff geglaubt hatte, ihm seien Zwillinge geboren worden.

Bei Elisas Geburt aber saß Karol nicht im Nebenzimmer, er befand sich nicht einmal im Haus, was die Umgebung mit Missmut aufnahm.

Dass ein Mann seiner Frau überdrüssig wurde, war nichts Besonderes.

Dass er männliche Bedürfnisse hatte, die er sich bei seiner schwangeren Frau nicht erfüllen konnte, war allgemein bekannt. Dazu ging man mit einer Magd ins Heu oder besuchte die Mädchen in den *domy publiczne*. Aber seine Frau in den Wochen vor der Geburt zu verlassen, um ins Stadthaus zu ziehen, das gehörte sich nicht für einen ehrbaren katholischen Mann.

Und so sprach man bei den Bauern in der Umgebung und in der Oberschicht Krakaus über Karol Laubs Verschwinden aus dem *dwór*. Sein Auszug wurde zum Anlass von allerhand Spekulationen benutzt, wobei fast alle davon ausgingen, dass nur eine andere Frau dahinterstecken könne. Es müsse entweder eine besonders schöne und kokette sein oder aber eine besonders giftige und gemeine. Warum sonst sollte ein Mann seine Frau kurz vor der Geburt des erhofften Stammhalters verlassen, wenn nicht, weil er entweder vor Liebe toll oder dazu gezwungen war?

Allerdings war Karol Laub einer der Letzten, dem man eine heimliche Affäre, geschweige denn eine flammende Liebe zugetraut hatte. Er erschien immer so besonnen, ruhig und anständig. Aber waren nicht gerade die stillen Wasser tief?

Als einige Personen, die der Familie Laub nahestanden, versucht hatten, Näheres über seine Beweggründe herauszufinden, hatten sie feststellen müssen, dass Karol ihnen zwar die Tür zu seinem neuen Domizil bereitwillig geöffnet, ihnen dann jedoch im weiteren Verlauf des Besuches kein Wort über seinen Auszug erzählt hatte.

So hatten ihm die Kowalskis, die Tomaszewkis, Marcin Kanarek und Henryk Lewkowicz und noch einige andere auf den Sesseln und Polsterstühlen gegenübergesessen, die mitgebrachten Flaschen und Gebäckstücke auf den runden Tisch mit den zierlichen Holzbeinen gepackt, dies und das gefragt und festgestellt, dass Karol Laub nicht auf eine ihrer Fragen antwortete, weder auf die höflich nach seinem Befinden gestellten oder die drängenden nach den Gründen seines Auszuges, noch auf die wutschnaubenden bezüglich der langjährigen, ihm jetzt wohl völlig gleichgültigen Freundschaft.

Nachdem sich also die halbe angesehene Gesellschaft Krakaus an seiner Wohnungstür die Klinke in die Hand gegeben, die feinen Polsterstoffe seiner guten Stube mit ihren ebenso fein betuchten Hinterteilen blank gescheuert hatte und die Speisekammer hinter den Mengen von Pasteten, Piroggen, Kuchen und Wodkaflaschen nicht mehr zu schließen gewesen war, hatte man einheitlich die Diagnose gestellt, der Wahn müsse bei Karol Laub ausgebrochen sein.

Man hatte die allein gelassene werdende Mutter bemitleidet, der man jetzt ihrerseits Besuche mit Pasteten, Piroggen und Kuchen abgestattet hatte, jedoch ohne die obligatorische Flasche Wodka.

Am Unglück der jungen Frau konnte man sich weiden und sich sagen, dass man es mit dem eigenen Adam, Roman oder Marek doch nicht so schlecht getroffen habe. Die soffen zwar und trieben sich so manches Mal in den Bordellen herum, um unter rasch gelupften Röcken, zwischen bereitwillig geöffneten Schenkeln und in saftverklebtem Gestrüpp zu finden, was sie zu Hause nicht zu suchen wagten. Manch einem rutschte auch mal kräftig die Hand aus, aber das hatte noch keinem Kind geschadet, und eine gute Frau übersah ihrem Mann solche geringfügigen Ausschweifungen sowieso.

Und nur wirklich indiskrete Matronen, die ihre Neugierde nicht im Zaum hatten halten können, wie die dicke rotwangige Maria Kowalska, die gemeinsam mit ihrer hageren graugesichtigen Schwägerin Anna, einer Nonne, und einem gewaltigen Korb voller Törtchen und schachtelweise Konfekt angerückt war, hatten sich die direkten Fragen nicht verkneifen können. Elżbieta hatte sie nur mit ihrem müden Blick angesehen, die Ränder unter ihren Augen hatten in einem dunkleren Blau als ihre ehemals leuchtende Iris geschillert, so dass ihr hohlwangiges und knochenweißes Gesicht mehr einem Totenschädel mit tiefen Augenhöhlen geglichen hatte als ihrem ehemals so frischem und jugendlichem Anblick.

Daraufhin hatte die dicke Maria Kowalska so verständnisvoll genickt, dass die Hautlappen unter ihrem Kinn bebten, sie hatte die Ringe an ihren wulstigen Fingern zu drehen versucht und sich gedankenverloren eine weitere Praline zwischen die gelben Zähne geschoben. Ihre Schwägerin Anna war dazu übergegangen, ihre knochige Hand auf Elżbietas schlaffe zu legen und diese so fest zu drücken, dass Elżbieta war, als brächen ihre schmalen Finger.

Sie solle doch froh sein, dass Karol weg sei, ein wahnsinniger Mann sei nichts als eine Belastung, wer wisse schon, was so einem in seinem Irrsinn alles einfalle. Im Grunde sei es doch zu ihrer und der Kinder Sicherheit nur von Vorteil, dass Karol nicht im Haus sei. Es stecke doch keine andere Frau dahinter, so dass sie sich auch keine Vorwürfe machen brauche, denn Wahnsinn sei nun mal nicht vorhersehbar und damit keinesfalls ihre Schuld. Niemand hätte das gedacht von Karol, der doch immer ein zuverlässiger und stattlicher Mann gewesen sei. Und beim Gedanken an Karols kräftigen Körperbau hatten die fahlen Wangen der Anna Kowalska einen rötlichen Schimmer bekommen und die Lider ihrer mausgrauen Augen hatten vor Aufregung gezwinkert. Elżbieta hatte schnell darum gebeten, sich zurückziehen zu dürfen, ihr sei nicht gut. Im allgemeinen Verständnis, dass die Arme jetzt vor allem viel Ruhe brauche, hatte man sie in ihr Schlafgemach entlassen, die dicke Maria hatte der mageren und sonst so wortkargen Schwägerin bedeutet, dass es an der Zeit sei zu gehen und war abgezogen, nicht ohne sich vorher noch eine Handvoll der mitgebrachten Pralinen in die feisten Wangen gestopft zu haben.

Wegen diesem und weiteren ähnlich verlaufenden Besuchen waren Elżbieta die letzten Wochen vor der Geburt zur Qual geworden. Ein Grund mehr, der zu ihrer Schwäche und Willenlosigkeit während der Dauer der Geburt führte. Die alte Malwina schätzte den Zustand richtig ein und wusste, dass Elżbieta nicht nur das Kind nicht wollte, sondern ihr gesamtes zukünftiges Leben so fürchtete, dass sie keinerlei Bemühung zur Fortsetzung desselben unternehmen wollte.

Sicher, eine Frau ohne Mann hatte es nicht leicht. Besonders dann, wenn er nicht wenigstens ehrvoll gestorben, sondern lebend und freiwillig aus dem Haus gegangen war. Aber Elżbieta hatte es durchaus besser als die meisten anderen in der Schwangerschaft verlassenen Frauen, denen Malwina bei der Geburt der unehelichen Bälger half. Elżbieta war wenigstens schon verheiratet, sie würde nicht auch noch mit der Schande eines Bastards und der zu dessen Entstehung gehörigen Sünde behaftet sein.

Und doch ließ sich selten eine unter der Geburt so hängen, wie Elżbieta es nun tat. Bei der Geburt von Katarzyna hatte die Alte es Elżbieta durchgehen lassen, dass sie so lange gebraucht hatte. Zum einen, weil sie wusste, dass die Reichen und Adligen sich immer schwerer taten als die Bauersfrauen, Dienstmädchen oder Mägde. Und zum anderen, weil sie sicher war, dass sie in diesem Haus mehr zur Entlohnung hatte erwarten können als die sonst üblichen Eier und schrumpeligen Äpfel.

Sie hatte sich seit Beginn der Geburt gründlich an den Resten der von den Besuchern mitgebrachten Speisen satt gegessen und sich trotz der Junihitze vom Küchenmädchen manche Tasse russische Schokolade zubereiten lassen, ein Getränk, das sie sonst nie bekam.

Aber nun reichte es ihr; sie war mehr als satt, hatte zu wenig Schlaf für ihre alten Knochen bekommen und keine Lust mehr, sich weiterhin Elżbietas Jammerei unterzuordnen. Außerdem hatte sie Sehnsucht nach ihren Katzen, die ohne sie einsam um ihre Hütte streunen mussten. Ihre Kräuter mussten dringend gegossen werden und von den feinen Rübchen konnte man täglich ernten, denn es war für die frühe Sommerzeit ungewöhnlich heiß.

Sicher, es konnte auch sein, dass es am Kind lag, wenn die Geburt nicht recht vorangehen mochte. Dann waren sie entweder krank, entstellt oder einfach von so garstiger Natur, dass sie ihrer Mutter das Leben schon gleich zu Beginn schwerzumachen versuchten. Dieses hier schien aber von normaler Größe und Gewicht, auch der Kopf hatte keinen überdurchschnittlichen Umfang oder gar Verformungen, so viel hatte die alte Malwina durch die Bauchdecke ertasten können. Lebendig war es auch, dazu hatte sie schließlich oft genug die Herztöne mit ihrem alten Holzrohr abgehört. Höchstens hätte es noch die Nabelschnur um den Hals geschlungen haben und sich, aus Angst, stranguliert zu werden, weigern können, die Mutterhöhle zu verlassen. Solche Fälle waren ihr aber schon zur Genüge untergekommen, und ihre krummen Finger waren immer noch flink genug, die blaue Schnur vom Hals zu lösen, sobald der Kopf draußen, der Rest des kleinen Körpers aber noch im Mutterleib steckte. Und für den Fall, dass das Kind nicht atmen wollte, stand ja zumindest in den besseren Häusern immer ein Eimer mit warmem und einer mit kaltem Wasser neben dem Geburtsbett bereit.

Bei diesem Kind aber glaubte die alte Malwina eher an eins von der garstigen Sorte, das den Irrsinn des Vaters sicher schon in sich trug und noch dazu mit einer unfähigen Mutter gestraft war.

Wut stieg in der Alten hoch, wenn sie die jämmerliche Elżbieta betrachtete, die nicht einmal mehr versuchte, sich zu bemühen. Malwina befahl Agnieszka, der Rizinusölflasche einen weiteren großen Löffel zu entnehmen. Ungeduldig riss die Hebamme ihr diesen aus der Hand, sobald sich der zähe Saft darin gesammelt hatte, packte die bleichgesichtige Elżbieta am Kinn und hieb ihr den Löffel zwischen die schmalen Lippen, dass das Metall gegen die Zähne schlug. Elżbieta öffnete nicht einmal die Augen und ließ den Saft die Kehle hinunterlaufen, ohne dass sich ihr Gaumen durch die Bitterkeit zusammenzog. Darauf donnerte die Alte ihr mit der Faust kräftig in den Rücken, zerrte sie vom Bett und befahl ihr, vor demselben niederzuhocken und sich mit den Händen an einem der Bettpfosten des Fußteils festzuhalten. Die Hebamme schob Elżbieta das Nachthemd bis über die Brüste und riss ihr die Schenkel weit auseinander, so dass der Körper der Gebärenden aussah wie der einer Kröte mit aufgeblähtem Bauch.

Agnieszka beobachtete sprachlos, wie die alte Malwina ihre vielen Röcke schürzte, die Ärmel hochkrempelte und ihre alten Holzpantoffeln nach hinten schmiss, um sich hinter Elżbieta zu knien, die dicken Arme über dem Bauch der Schwangeren zu kreuzen und dann mit aller Kraft nach unten zu drücken.

Während dieser absonderlichen und gewaltsamen Umarmung schrie die Alte Elżbieta an, sie solle endlich pressen, drücken und schieben, das Kind müsse nun hinaus, komme, was wolle, und heulen könne sie hinterher noch genug.

Elżbieta ordnete sich Malwinas Willen tatsächlich unter, sie begann zu stöhnen, ihr Gesicht lief violett an, Äderchen auf ihren Wangen platzten und ihre Zähne knirschten zwischen jedem tiefen Atemzug, den sie nahm, um dem Druck der Arme auf ihrem Bauch zuzuarbeiten.

Agnieszka stand immer noch fassungslos daneben, die Augen weit aufgerissen, die Zöpfe in der Hand, und spürte, sich selbst an den Haaren reißend, doch nicht einmal das Brennen ihrer Kopfhaut.

Noch einmal holten beide Frauen tief Luft, Elżbieta konnte den Kopf des Kindes austreten fühlen und glaubte auch diesmal wieder, man habe sie belogen, das Kind komme doch hinten und nicht vorne raus. Diese

Empfindung irritierte sie so sehr, dass sie vor lauter Hemmung gegen den Drang zu pressen anhalten wollte. Der Druck war jetzt jedoch stärker als ihr Wille.

Ein letztes Mal schrie sie, der kleine blaue Körper glitt aus ihr hinaus auf den Bettvorleger, über ihn ergoss sich ein Schwall schon reichlich grünen Fruchtwassers.

Die Alte ließ nun endlich von Elżbietas Bauch ab, um den Säugling an den Füßen in die Höhe zu reißen, ihm auf den Hintern zu klopfen, wobei die Nabelschnur noch pulsierend zwischen den Schenkeln der Mutter hing.

Elżbietas zweite Tochter war endlich geboren, sie wimmerte leise, während die Hebamme die Nabelschnur durchtrennte.

v Und die Töchter blicken stumm um den ganzen Tisch herum

Das Neueste von Staszek ist«, rief Jarek und spuckte einen Apfelkern ins Wasser, »dass er sich verliebt hat.« Elisa schaute ihn ungläubig an und begann zu lachen.

Die Vorstellung, ein Mensch wie Stanisław Wittorek könne verliebt sein, war einfach absurd. Mal ganz davon abgesehen, dass es noch schwieriger war, sich vorzustellen, welche Frau diese Liebe erwidern würde. Was für eine Frau musste das sein, die Interesse für einen Mann zeigte, der ununterbrochen mit der Zunge schnalzte oder grimassenschneidend feuchte Pfiffe ausstieß und, egal wo er auch stand, Kniebeugen und Dehnübungen machte? Selbst wenn er dies alles lassen würde, dann blieb immer noch die Nase. Nein, für einen Mann mit einer solchen Nase konnte nicht ernsthaft auch nur eine Frau in Liebe entbrennen. Elisa lachte also und schüttelte ungläubig den Kopf.

»Doch, Staszek ist wirklich verliebt. Und warte erst, wie du lachen wirst, wenn ich dir sage, wer seine Auserwählte ist.«

In der *ul. Jagiellońska*, die die Jungen durchquerten, wenn sie in die Kneipen der Innenstadt wollten, wohnte die Witwe Dorota Orzeszka. Sie verließ ihre

Wohnung seit dem Tod ihres Mannes, den sie sehr geliebt hatte, nicht mehr, saß den ganzen Tag hinter den Scheiben ihres Fensters und betrachtete das Geschehen auf der Straße. Sie wusste immer genau, was in der Stadt los war, wer zu welchen Tageszeiten unauffällig in einem Treppenhaus verschwand, das nicht sein eigenes war. Die Witwe kannte die grauen, vernarbten Fassaden der gegenüberliegenden Bürgerhäuser ganz genau, und sie wusste, welches Stück hinter dem abblätternden Putz gerade gespielt wurde.

Sie beobachtete die Gruppen von Studenten, die zu Vorlesungen gingen oder von der Universität kamen. Sie sah den Kleinhändlern zu, die ihre Waren an die Frauen der *ul. Jagiellońska* verkauften. Sie beobachtete das Feilschen und Schäkern. Sie hörte das Geschrei der Zeitungsjungen und des Händlers für Kurzwaren. Was sie selbst brauchte, ließ sie sich von ihren erwachsenen Kindern bringen, die froh waren, ihr schlechtes Gewissen der vereinsamten Mutter gegenüber auf diese Art beruhigen zu können, und noch froher, dass sie beim Bringen der Nahrungs- und Nutzmittel nicht viel sprechen und noch schneller wieder verschwinden konnten, als es dem Anstand entsprach.

Staszek aber hatte sich wenige Wochen zuvor unter ihr Fenster gestellt und einfach zu ihr hinaufgelacht. Sein lockiges Haar hatte im Licht geschimmert, das Lachen war frei und unbeschwert wie das eines Kindes, und ihr Gesicht hatte sich in seinen Pupillen gespiegelt. Täglich hatte er nun einen Gang durch die *ul. Jagiel-*

lońska gemacht, um grinsend unter dem Fenster der Witwe Orzeszka zu stehen.

Und erstaunlicherweise hatte dieser absonderliche Halbwüchsige, dem gerade mal Flaum unter der imposanten Nase spross, den Weg in ihre Wohnung gefunden. Dort saß er nun täglich schnalzend und pfeifend am Küchentisch und ließ sich bald nicht nur mit Tee bedienen. Staszek, der Trottel unter den Freunden, hatte sich in ihre Wohnung gelacht, er hatte sich in ihr Herz gegrinst und sich letztendlich in ihr Bett gelächelt. Denn was niemand erwartet hätte, war in der Straße bald nicht zu überhören, und eine solche Lautstärke hatte man dem sonst so stummen Angesicht hinter der Fensterscheibe gar nicht zugetraut.

Es kehrte also wieder Leben in die Wohnung der Orzeszkis ein, etwas, was dort vor dem Tod des Ehemannes gängig gewesen war. Denn bevor Dorota Witwe geworden war, war in der Wohnung immer ein großes Poltern von Kindern, die Treppe hinauf- und hinunterfliegenden Knäuel aus Beinen, wild herumgeworfenen Worten vermischt mit Essensdüften gewesen. Zudem waren im Ehebett der Orzeszkis nicht nur ihre eigenen Kinder gezeugt worden, sondern auch ihr erstes Enkelkind, glücklicherweise charakterlich von Geburt an ein Spätzügler, so dass es einige Wochen zu spät, damit aber im akzeptierten Rahmen einer frisch geschlossenen Ehe geboren wurde. Unter den Zeugungen einiger Neffen und Nichten hatten die Latten des Bettes gekracht, die Streben gequietscht, die Liebespaare geächzt, waren die

Daunen geflogen, denn höflicherweise hatten die Orzeszkis das Bett immer dem Besuch überlassen, während sie selbst mit der Chaiselongue vorliebgenommen hatten.

Die Witwe Dorota Orzeszka war ansehnlich für ihr Alter und nicht dumm, was man von ihrem verstorbenen Mann nicht behaupten konnte, denn zu einem Tod durch Ersticken an der einzigen Kirsche in der eigenen Geburtstagstorte gehörte wahrlich nicht viel Verstand.

Die Eltern Stanisławs wussten von der ungleichen Beziehung und tolerierten sie entgegen des allgemeinen ebenso eifrigen wie giftigen Geschwätzes. Wahrscheinlich waren sie in Anbetracht der Eigenarten ihres jüngsten Sohnes zur Überzeugung gekommen, die Witwe Orzeszka sei immer noch besser als gar keine.

»Aber die könnte doch seine Mutter sein!«, rief Elisa entsetzt. Ihre Belustigung war verschwunden.

»Ja, die ist bestimmt schon über vierzig, aber dann kann Staszek sie wenigstens nicht zur Mutter machen!« Jarek merkte sofort, dass es falsch gewesen war, Elisa das, was er und seine Freunde insgeheim dachten und was sein Vater zur Belustigung seiner jüngeren Geschwister und zum Entsetzen seiner tugendsamen Mutter beim sonntäglichen Kirchgang mit abschließendem Schwatz auf dem Vorplatz der Marienkirche zu Leopold Kowalski gesagt hatte, wiederzugeben. Er sah, wie seine Aussage Elisa erschrak und ekelte, denn sie wurde sehr rot im Gesicht, schaute starr ins Wasser und fingerte angestrengt an den Sauerampferblättern herum, zu einer Antwort nicht fähig. Er ahnte ja nicht, dass sie mit seiner Aussage schlicht und ergreifend nichts anfangen konnte, da sie überhaupt nicht verstand, wie um Gottes willen Staszek die Witwe Orzeszka zur Mutter machen konnte, wo er doch nicht mit ihr verheiratet war. Elisa glaubte, Kinder entständen nur in Zusammenhang mit einer Ehe. Sie war der Überzeugung, eine Verheiratung mache den Kindersegen erst möglich. Sie traute sich nicht zu fragen, begriff aber, dass es Dinge gab, von denen sie keine Ahnung hatte. Er wagte nicht, den Arm um sie oder die Hand auf ihr Knie zu legen, weil er befürchtete, sie könne das missverstehen. Das entsetzte Schweigen war ihm unangenehm, die Sonne schien ihm heißer und greller als zuvor, obwohl es schon später Nachmittag und sie dem Horizont wieder näher als dem Zenit dieses Tages war. Auch das Zwitschern der Vögel und das Plätschern des Wassers klang auf einmal laut und scharf in seinen Ohren. Er musste Elisa ablenken, sie die dummen Worte vergessen lassen, zu schön war der Tag und ihr Treffen, als dass er ihn verderben wollte. Wenn er aber plötzlich von etwas ganz anderem erzählte, wäre das Ablenkungsmanöver zu auffällig, dann würde sie seine Absicht sofort bemerken und wäre vielleicht erst recht verärgert. Er musste so tun, als spüre er ihre Abscheu nicht, um ihr die Verlegenheit zu nehmen.

Also rupfte Jarosław sich einen neuen Grashalm, steckte diesen zwischen die Zähne, ließ sich, die Füße immer noch im Wasser, auf den Rücken fallen und sagte mit geschlossenen Augen und möglichst unbeschwertem belustigtem Ton: »Ach ja, unser Staszek, das ist schon einer! Weißt du noch, wie er einmal im Schnee eingeschlafen ist?« Elisa lachte erleichtert, natürlich kannte sie die Geschichte von Staszek und dem Schnee, nicht etwa, weil sie es selbst miterlebt hatte, sondern weil Jarek sie ihr schon so oft erzählt hatte. Er tat dies immer mit denselben Worten, sie folgte ihm jedes Mal mit derselben Begeisterung wie ein junger Hund seinem Herrn beim täglichen Spaziergang und lachte dann immer so herzlich, als höre sie die Geschichte zum ersten Mal.

»Ich hatte den Schlüssel des neuen Humidor-Schrankes, auf den mein Vater so stolz war, aus der Schublade seines Nachttischchens genommen, weil ich doch den Freunden versprochen hatte, dass wir zur Feier Zigarren rauchen würden.«

An Jarosławs letztem Geburtstag, seinem neunzehnten, hatten die Freunde im *dwór* seiner Eltern gefeiert, wo sie ausgiebig Wodka und, heimlich, manche Zigarre aus Antons Vorrat genossen. Sie hatten jeder eine ganze Zigarre geraucht, und nur Stanisław Wittorek hatte nicht verbergen können, dass ihm schlecht davon wurde.

»Irgendwann war Staszek einfach verschwunden, und wir konnten ihn im Haus nicht finden, nirgendwo, wir haben wirklich alle Zimmer und Ecken nach ihm abgesucht!«

Also hatte man die Suche außerhalb des Hauses fortgesetzt.

»Und da haben wir seine Spuren sofort gesehen, die Treppe hinunter über den Hof, in den Wald hinein.«

Die Freunde waren seinen schlangenartigen Spuren im Schnee gefolgt, die ohne Sinn und Logik verliefen, manchmal kreisförmig, teilweise zum Waldrand, wieder zurück zur Freitreppe, dann wieder zum Wald und ein Stück hinein. Roman Kowalski hatte sein abfälligstes Lachen ausgepackt und laut verkündet, er wisse schon, was der trottelige Freund nachts im Wald suche. Hinter einem Baumstumpf hatten sie den Freund endlich gefunden, Staszek musste gestolpert sein und hatte sich nicht mehr selbst aufrappeln können.

»Er war eingeschneit, wir hätten ihn beinahe nicht gesehen unter der Schneeschicht. Es war viel Schnee gefallen an meinem Geburtstag, weißt du noch?« Elisa nickte, natürlich wusste sie es noch. Schon morgens, als sie sich getroffen hatten, war der Schneefall stark gewesen, sie hatten sich unter die Tannen gestellt und waren trotzdem ganz weiß geworden. Jarek hatte ihr seine Mütze gegeben, und mit dem Bild seiner roten Ohren war sie abends eingeschlafen.

«Wir stießen Staszek an, aber er bewegte sich nicht.« Die Freunde hatten an seinen Stiefeln gezogen, sie hatten den Schnee von seinem Rücken gewischt, laut seinen Namen gerufen, aber er rührte sich nicht.

»Wir dachten, er wäre erfroren.« Hier schwieg Jarek nachdenklich, denn sie hatten damals wirklich um ihren

Freund gefürchtet. Selbst dem fetten Roman, dem trotz der Kälte Schweiß auf der Stirn gestanden hatte, waren die blöden Sprüche über das, was Stanisław im Wald getrieben habe, vergangen.

»Und plötzlich schrie Staszek wie ein Irrer!«

Stanisław war durch das Gezurre an seinen Beinen wach geworden, er hatte nicht gewusst, wo er war, und vor lauter Schnee im Gesicht nichts sehen können. Sein Schrei aber hatte einen anderen Grund gehabt.

»Er hat echt gedacht, er wäre vom Saufen blind geworden!«

Jareks Trick funktionierte, Elisa lachte und vergaß den Schrecken, den seine Bemerkung über Staszek und die Witwe verursacht hatte. Sie sah ihn wieder an, betrachtete seine siegessichere Miene und den wackelnden Halm zwischen seinen Lippen. Seine Haare fielen ihm in die Stirn, er trug sie immer einen Tick zu lang, und das gefiel Elisa, weil sie es verwegen fand. Sie verspürte das eigentümliche Kribbeln in Bauch und Unterleib und wusste nicht, ob sie mehr glücklich oder vor lauter Freude fast schon traurig war.

Es war noch hell und warm, aber Elisa wusste, dass es an der Zeit war, zum Abendessen heimzugehen. Sie ließ Jarek ihre Schuhe tragen, zog sie erst an der Gabelung an, die ihre Wege zu ihren jeweiligen Elternhäusern trennte, und schämte sich ein bisschen, weil sie dachte, es sähe dumm und unbeholfen aus, wie sie vor Jarek kniete, um ihre Schuhe zu binden. Außerdem schoss ihr durch die geneigte Haltung das Blut in den Kopf, sie würde gleich ganz rot sein, und das Letzte, was Jarek an diesem Tag von ihr sehen würde, wäre ihre zerrupfte Frisur von oben und ihr unvorteilhaft gefärbtes Gesicht. Sie war froh, dass er sie kurz drückte, ohne sie anzusehen, atmete noch einmal seinen Geruch, der das Kribbeln wieder weckte, und lief dann zwischen den Tannen davon.

Ihre Mutter und Katarzyna saßen schon am Abendtisch, aber niemand störte sich daran, dass sie zu spät kam. Katarzyna nicht, weil sie unter dem Tisch in einem Afrikabuch las, und ihre Mutter nicht, weil sie nicht mal zu bemerken schien, wie Elisa den Raum betrat und sich, eine Katze von ihrem Platz vertreibend, an den Tisch setzte.

Weder Lektüre noch Mahlzeit unterbrechend, fragte Katarzyna sie, ob es schön gewesen sei mit ihrem Verehrtesten. Wenn Elisa sich mit Jarek getroffen hatte, roch sie nach Aufregung und getrocknetem Speichel, ein Geruch, den Katarzyna nicht mochte. Elisa ignorierte die dumme Bemerkung ihrer Schwester und nahm den Deckel von der Terrine, um sich eine Kelle der Suppe auf den Teller zu schöpfen. Sie wünschte, es würde einmal etwas anderes geben als immer dieselben mehligen Suppen und Grützen, die sich nur durch ihre Einlagen unterschieden. Erst am Tag zuvor hatte es eine Sauerampfersuppe gegeben, Agnieszka hatte die Blätter auf den Wiesen hinter dem Haus in ihre Schürze gesammelt. Die Säure hatte Elisa den Mund zusammengezogen, und Fäden der Pflanzen hingen noch am Morgen zwischen den Zähnen. Agnieszka versuchte, das Beste aus den wenigen Vorräten der Speisekammer hervorzuholen, wenn sie am Ofen mit den Kupferkesseln hantierte, und im Garten pflanzte sie Gemüse an, um die kärglichen Vorräte der Speisekammer zu ergänzen. Agnieszkas arbeitsreichste Zeit aber war der frühe Herbst, dann sammelte sie das Fallobst auf den Wiesen hinter dem Haus und ging Pilze suchen. Körbeweise brachte sie davon in den *dwór*, Butter- und Birkenpilze, Maronen, Rotkappen und Steinpilze, die sie reichlich unter den Tannen und Fichten nahe dem Haus fand, und auch Pfifferlinge. Erst wurden die Pilze mit dem Pinsel geputzt, dann schnitt Agnieszka die großen in Scheiben und fädelte sie auf Schnüre, die sie an der Rückseite des Hauses unter das Schindeldach zum Trocknen spannte, so dass der aromatische Duft jeden begrüßte, der durch den Hintereingang kam. Die kleineren Pilze legte sie in Essig ein. Das Einkochen von Obst und Gemüse sorgte im Herbst für ein großes Hantieren in der Küche. Die Gläser für Obst, Mus und den sauren Kürbis wurden ausgekocht, das gesammelte Fallobst zu Kompott gekocht. Die Birnen des Baumes im Innenhof mit Zuckerwasser eingelegt, Äpfel und Pflaumen zum Darren im schattigen Hinterhof ausgelegt. Die Mädchen mussten sich dann neben die aufgereihten Holzrahmen, auf deren Drahtgittern die Obstscheiben lagen, setzen, um Vögel und Krabbelgetier zu verscheuchen. Katarzyna erledigte diese Arbeit im Gegensatz zu

Elisa gerne und freiwillig, weil sie dabei lesen konnte. Das getrocknete Obst wurde in Leinensäckchen aufbewahrt und als Backobst zu verschiedenen Gerichten gereicht.

Trotzdem hatte Elisa die Eintönigkeit ihrer Mahlzeiten satt. So gut wie nie gab es Fleisch oder Fisch, was Agnieszka einkochte und trocknete, diente nur als Suppeneinlage. In Anbetracht dessen, was Jarek ihr von den kulinarischen Vorzügen der Küche seines Hauses erzählte – Roulade mit Buchweizen, Karpfen in grauer Soße, Klöße, getränkt in fetten, würzigen Soßen, Nierchen und Braten, nicht selten Wild –, schien es plötzlich sehr erstrebenswert, die Zeit bis zur Hochzeit so zu verkürzen, wie es nur ginge. Besonders wenn sie erst an den Speckhaken der Koźny'schen Speisekammer mit den daran hängenden gewaltigen geräucherten Schinken und Wurstringen dachte. In Elisas Mund entstand eine sehr genaue Vorstellung vom Geschmack und Gefühl des Kauens, des Einschlagens der Zähne in die Fasern des Fleisches, sie konnte das Salz und den Rauch schmecken, ungeachtet der Entfernung von mindestens zwei Kilometern, die zwischen ihr und den Objekten ihrer Begierde lag.

Die fade Suppe war also nicht ganz unschuldig an dem Geschehen, das nun folgen sollte, wobei alles so schnell ging, sich so bedrohlich hochspielte, katapultartig aufschwang wie der Beginn einer Rhapsodie, dass Elisa nicht einmal dazu kam, auch nur einen Löffel von der Suppe zu essen.

Der Terrine eine weitere Kelle entnehmend, sagte sie in einem Anflug von Trotz zu Katarzyna, dass es erstens sehr wohl schön gewesen sei, und dass Jarek zweitens versprochen habe, sie noch in diesem Jahr zu heiraten. Bevor sie den Deckel auf die Terrine setzen und den Löffel in ihren Teller tunken konnte, tauchte die Stimme ihrer Mutter bedrohlich leise aus den Tiefen ihrer Lethargie auf, wie Wasserbläschen, die sehr langsam vom Grund eines Teiches zur Oberfläche aufsteigen.

»Was hast du da gerade gesagt?«, fragte Elżbieta. Die Leere war plötzlich aus ihren Augen verschwunden. Sie sah ihrer Tochter klar und eindringlich in die Augen, was Elisa von ihrer Mutter nicht kannte. Noch einmal wiederholte sie ihre Frage, und wenn ihre Stimme beim ersten Mal noch unecht und leise war, als wäre Elżbieta gerade aufgewacht, lag nun eine messerklingengleiche Schärfe darin.

Elżbieta fühlte sich, als sei sie von einer großen Ferne rasend schnell an diesen Ort versetzt worden. Sie nahm wahr, dass sie mit ihren Töchtern zu Abend aß, dass die Blätter der Bäume vor dem Fenster grün waren, die Vögel in der heranschleichenden Dämmerung sangen und Suppe das war, was sie zuvor im Mund verspürt hatte. Ihre Ohren kreischten, ihre Augen brannten, zu laut und grell war die Wirklichkeit, nachdem der Schleier vor ihrem Bewusstsein durch Elisas Worte von einer Hochzeit mit Jarosław Koźny mit Gewalt weggezogen worden war.

Elisa, verwundert, den Terrinendeckel noch in der Hand haltend, wiederholte stotternd, dass Jarek sie noch in diesem Jahr heiraten wolle. Das Gesicht Elżbietas erstarrte zu einer Maske, die grausamer erschien, da voll von Anspannung, als ihr sonst so schlaff lebloser Gesichtsausdruck.

Katarzyna war erstaunt, dass Elżbieta während des Essens sprach, und das auch noch in diesem ungewohnten Ton, und dass ihre Mutter so tat, als wüsste sie nichts von der Liebe zwischen Elisa und Jarek. Hatte sie die ganzen letzten zwei Jahre nicht bemerkt, dass die beiden sich ständig trafen und Elisa zu ihrem Leidwesen nur noch von ihrer großen Liebe sprach? Doch bevor Katarzyna sich fragen konnte, ob die Depression ihre Mutter vielleicht ebenso taub wie stumm machte, mussten sie und Elisa mit ansehen, wie sie ihren Teller mit der Suppe so kraftvoll von sich stieß, dass sein Inhalt über den Tisch und bis auf die Blusen der Mädchen spritzte.

»Nein! Nein! Nein!«, schrie Elżbieta, ihre Stimme überschlug sich, wurde zu einem Krächzen. »Niemals! Verstehst du, Elisa, niemals!«, kreischte sie, und dabei schraubte sich ihre Stimme hoch, bis ihre Kehle von kratzigem Husten und Röcheln durchbrochen wurde, während sich der Suppenfleck unaufhaltsam auf dem Tischtuch ausbreitete.

Gemüsestücke klebten an der Terrine, Fetzen der Teigbeilage lagen wie schlaffe Würmer auf den gestickten Blüten der Tischdecke, und an den Gläsern liefen

Schlieren der fettigen Flüssigkeit herab. An Katarzynas Knopfleiste hing ein Teigbrocken, und Elisas weiße Bluse war so nass, dass ihre Haut durchschimmerte. Das Entsetzen ließ sie den Schmerz der Verbrühung nicht wahrnehmen.

Die Töchter Laub kannten die Momente, in denen ihre Mutter die Fassung verlor, das passierte, in gewissen Abständen, regelmäßig. Aber normalerweise richtete Elżbieta die dann entstehende Aggression gegen sich selbst, nicht gegen ihre Töchter oder Agnieszka.

»Soll Jarek doch kommen mit seinem Heiratsantrag!«, schrie Elżbieta nun, die Worte wieder frei, wenn auch immer noch brüchig, aus ihrem Halse speiend. »Soll er doch kommen und seinen Antrag machen, wie es sich gehört. Denn Manieren hat er ja wohl, dein kleiner Kavalier!« Hier überschlug sich ihre Stimme wieder, sie sprang auf, stützte die rotverkrampften Hände auf den versauten Tisch und spuckte Elisa die letzten Worte ins Gesicht. Elżbietas Augen quollen hervor, ihre Mundwinkel waren so starr zurückgezogen, dass Zahnfleisch und Zähne aus ihrem Gesicht zu springen drohten. Elisa war regungslos vor Angst und Schreck, der Kopf ihrer Mutter war rot, so rot, dass sie ihn schon platzen und das fletschende Gebiss mitten in ihr Gesicht springen sah. Nicht einmal Katarzyna sagte etwas, und das war fast noch beängstigender als Elżbietas Anfall.

Die Mutter beruhigte sich etwas, sie ließ sich auf ihren Stuhl zurückfallen und saß still, irren Blickes auf ihre Hände glotzend. Leise begann sie zu murmeln, Worte schlüpften durch ihre Lippen, schwammen in kleinen feinen Wogen über den Tisch zu den Mädchen, die so steif und stumm saßen, dass sie die Worte verstanden, obwohl sie nur gewispert waren.

»Ja, soll er doch kommen und seinen Antrag machen«, raunte Elżbieta. »Um die Hand der Tochter muss er beim Herrn des Hauses anhalten.«

Diesen letzten Satz flüsterte sie mehrere Male, sie wiederholte ihn weiter und immer weiter, dabei wurde sie lauter, bis sie schließlich wieder schrie.

»Aber hier gibt es schon lange keinen Herrn des Hauses mehr!«, keifte sie endlich. Ungeheuerlicherweise griff sie dabei mit beiden Händen in die Terrine, matschte ihre Finger durch die Suppe, dass sich die Spitzen ihrer Ärmel vollsogen, und schrie weiter. Und dann lachte sie, sie lachte und lachte, ihr Blick zuckte ziellos durch den Raum. Elżbieta lachte wie eine Irre und schrie dazwischen unentwegt: »Den Vater der Braut muss er fragen. Den Vater der Braut!«

Fassungslos sahen die Schwestern ihrer zur Furie gewordenen Mutter zu, wie sie sich mit suppigen Händen in die Frisur griff, ihre Haare rupfte und knetete und daran riss, dass sie zu allen Seiten flogen.

Agnieszka kam hereingelaufen, sie musste das Geschrei bis in die Küche gehört haben. Zum Erstaunen der Schwestern, die sich immer noch nicht rühren konnten, ließ Agnieszka sich nicht vom verwüsteten Tisch und der wahnsinnig gewordenen Elżbieta abschrecken.

Sie packte Elżbieta an beiden Schultern und hielt sie einfach nur fest. Elżbieta erstarrte, beendete das Geschrei abrupt und stand stumm, die schmierigen Hände weit abgespreizt. Sie sah furchtbar aus: das zerraufte suppenverklebte Haar, die verschmierte Kleidung, das irre Gesicht.

Sie schluchzte laut auf und fiel in Agnieszkas Arme. Sank in sich zusammen, als hätte sie Luft und Leben aus sich hinausgeschrien, und ließ sich widerstandslos in ihr Schlafgemach bringen.

Elisa und Katarzyna verließen den verwüsteten Tisch schweigend und gingen die Treppe hinauf in ihre Zimmer, ohne ein Wort über den Vorfall gesprochen zu haben.

Elisa zog die nasse Bluse aus, legte sie über die Lehne des Stuhls und setzte sich im Leibchen vor den Spiegel, um ihr Haar zu bürsten. Sie betrachtete ihr Gesicht, der Anblick stellte sie zufrieden, denn sie fand, sie sähe gleich viel ernsthafter und reifer aus nach diesem schrecklichen Erlebnis. Schade, dass Jarek sie jetzt nicht sehen konnte, denn die erschrockene Blässe erschien ihr vorteilhafter als ihr roter Kopf beim Schuheschnüren. Die gleichmäßigen Bürstenstriche auf ihrer Kopfhaut beruhigten sie. Ob Jarek verstehen würde, warum ihre Mutter sich so peinlich verhalten hatte? Vielleicht sollte sie ihm lieber nichts von der Suppengeschichte erzählen. Bisher hatte er über ihre seltsamen Familienverhältnisse hinweggesehen und sich nicht abschrecken lassen.

Die Dämmerung drang ins Zimmer, vereinzelt flogen einige Schwalben vor ihrem Fenster vorbei. Es würde vielleicht noch in der Nacht zu regnen beginnen. Elisa bekam Gänsehaut auf den Armen und legte die Bürste auf den Toilettentisch zurück. Sie nahm ein Fläschchen mit Veilchenwasser in die Hand, öffnete es und tupfte sich ein paar Tropfen davon hinter die Ohren. Dann stellte sie es zurück und begann, ihre Flakons und Tiegel der Größe nach zu ordnen. Als sie damit fertig war, räumte sie alle übrigen Kosmetikutensilien in die kleine Schublade. Dann stand sie auf, nahm die Bluse wieder von der Stuhllehne und warf ihre frisch sortierten Duftwässerchen und Cremes auf ihr Bett. Mit einer trockenen Stelle des Stoffes wischte sie über die freie Holzfläche und staubte dann, ebenfalls mit der Bluse, jede Flasche und Dose einzeln ab, bevor sie sie wieder in einer Reihe, diesmal in farblicher Abfolge, vor den Spiegel stellte. Dann zog sie ihr Nachthemd an, wusch sich aber nicht und beschloss, sich weiterhin heimlich mit Jarek zu treffen und ihre Mutter erst einmal aus ihrer Liebesgeschichte auszuschließen. Sie legte sich unter die Decke und betrachtete die Umrisse der Efeublätter vor ihrem Fenster. Draußen war es jetzt ganz still. Sie konnte hören, dass Agnieszka unten den Tisch abräumte, die Geräusche von klapperndem Geschirr und vom Rücken der Stühle drangen zu ihr hinauf. Irgendwer lief in seinem Zimmer herum, das musste Katarzyna sein, die wahrscheinlich auch nachdachte und sich in ihrem Rumgerenne aufführte wie eine Oberlehrerin vor der Tafel.

Elisa glaubte, der Anfall ihrer Mutter habe etwas mit deren Schwermut und der unerfüllten Ehe zu tun. Ihre Mutter musste von einer plötzlichen Angst erfasst worden sein, dass sie ganz alleine im *dwór* leben müsse, wenn die Töchter aus dem Haus seien.

Katarzynas Zukunftspläne sahen tatsächlich einen baldigen Auszug aus dem elterlichen Gut vor, denn Katarzyna wollte Lehrerin werden. Wie man sich freiwillig wünschen konnte, einen Beruf auszuüben, war Elisa schleierhaft. Es war ihr peinlich, sie schämte sich geradezu für ihre Schwester, deren Ziel es war, etwas zu wollen, was im Grunde den Frauen vorbehalten war, die keinen Mann fanden. Allerdings war sie davon überzeugt, dass Katarzyna tatsächlich keinen finden würde, so wie sie sich benahm und kleidete. Wer wollte außerdem eine Frau heiraten, die alles besser wusste, immer etwas erwidern musste und ihre Zeit mit Büchern verbrachte? Katarzyna hatte nicht die nötige Demut und erst recht nicht den nötigen Respekt, den ein Mann von einer guten Frau erwarten durfte. Wenn Katarzyna also eine Anstellung bei einer Familie in Krakau, womöglich sogar in einer anderen Stadt fand, würde sie nur noch selten in den *dwór* kommen können.

Elisa konnte die Angst ihrer Mutter verstehen, ihr Mann lebte in der Stadt, Katarzyna würde bald die Kinder einer wohlhabenden Familie unterrichten, und sie, Elisa, würde heiraten und eigene Kinder haben. Sie beschloss, ihre Mutter nach einer angemessenen Zeit, in der Elżbieta die Möglichkeit hatte, selbst zu bemerken, dass ihre Töchter erwachsen geworden waren, vorsichtig darauf hinzuweisen, dass sie durch die Heirat nicht verschwinden werde. Ihre Mutter musste doch froh sein, dass das Schicksal Elisas zukünftigen Mann gleich nebenan wohnen ließ. Elisa dachte wieder an ihre Hochzeit, malte sich das Fest aus und schob den unangenehmen Vorfall von sich. Wenn das zähnefletschende Gesicht ihrer Mutter im sich anbahnenden Schlaf doch vor ihr auftauchte, wischte sie es weg, bedeckte ihr Gesicht, als halte sie blendende Sonnenstrahlen fern.

Katarzyna aber, die in ihrem Zimmer saß und die Fettflecken aus dem Buch ihres Großvaters wischte, fragte sich nach dem Grund der Hysterie Elżbietas. Es war nicht das erste Mal, dass die Mädchen ihre Mutter so erlebt hatten. Solche Anfälle überkamen Elżbieta, seit Katarzyna denken konnte, wobei die Abstände zwischen ihnen immer größer geworden waren. Schreien, heulen und Haare reißen hatten sie ihre Mutter schon oft gesehen. Unvermittelt kamen diese Attacken immer, aber normalerweise bezog Elżbieta die Mädchen nicht mit ein.

vi Büße und bete

Ja, reiche es denn nicht, dass ein wahnsinniger Mann in die Familie eingeheiratet habe? Müsse es nun der eigene seinem Schwiegersohn gleichtun, indem er sich schweigend darniederlege? Was für einen Gatten habe sie da, der nicht seinen Mann stehe, sondern zusammenbreche, kaum dass einmal Schwierigkeiten auftauchten? Wenn jemand Grund hätte, sich hinterrücks davonzustehlen, dann sei das ja wohl sie, denn ihr habe der Allmächtige wahrhaftig einen steinigen Weg zugedacht. Doch nie habe sie geklagt, nie! Immer habe sie alles Leid getragen, sich bescheiden allen ihr auferlegten Prüfungen untergeordnet, bereit, alle geforderten Opfer zu bringen. Und nun das! Nein, das gehe wirklich zu weit!

So zeterte Małgorzata Mroźek, Elżbietas Mutter, als ihr Gatte Tadeusz sich, nachdem ihn die Nachricht von Karols Auszug erreicht hatte, aufgrund einer Herzattacke niederlegte. Seine Frau saß an seinem Bett, unentwegt jammernd und schimpfend.

Man hätte damals doch Anton Koźny auswählen sollen, der sei zwar kurzzeitig einem zu heftigen Frühling erlegen, aber jetzt immerhin bei Sinnen und bei seiner Frau. Wie konnte man sich nur so getäuscht haben in Karol? Heilige Mutter Gottes, man habe doch immer gebetet, Kerzen angezündet, war sonntags fromm zur Messe geschritten, und das alles nur, damit der Allmächtige, wo er schon den Großteil ihrer Kinder zu sich gerufen hatte, ihr auch noch die Bürde eines toll gewordenen Schwiegersohnes und einer sitzengelassenen Tochter auferlege?

Tadeusz Mroźek wollte nicht glauben, dass seine Tochter verlassen worden war. Er wollte auch nicht glauben, dass Karol zu sprechen aufgehört hatte. Er mochte Karol. Er mochte ihn sogar sehr. Und deshalb war er davon überzeugt, dass Karol schon zu Elżbieta zurückkehren werde. Schließlich hatte er mit ihm immer Fachgespräche über die großen Komponisten geführt, und ein musikalischer Mann war vielleicht etwas empfindlicher als seine Mitbrüder, aber er wäre niemals zum Ausbruch aus dem Eheleben fähig. Nein, jemand, der wusste, wo Wagner gestorben und wann Beethoven seine Elise geschrieben hatte, ließ seine Frau nicht sitzen!

Und so wagte Tadeusz, die Tirade seiner Frau zaghaft zu unterbrechen. Es könne doch sein, dass es sich nur um eine kleine Irritation handele. Vielleicht sei Karol der Ammoniakgestank der Windeln seiner Tochter so zu Kopfe gestiegen, dass er nicht mehr klar denken könne. Und beim Gedanken daran, diesen Geruch durch ein zweites Kind noch länger ertragen zu müssen, habe er erst mal die Flucht ergriffen.

Schwachsinn!, wiegelte Małgorzata den Einwand ihres Mannes ab, als ob Karol etwas mit den Windeln seiner Nachkommen zu schaffen habe! Ihm sei wohl selber einiges mehr als Gestank zu Kopfe gestiegen, sonst würde er nicht solch ein unsinniges Geschwafel von sich geben. Der Arzt habe ihm offensichtlich zu viel an Beruhigungsmitteln eingeflößt und seinen Geist getrübt. Wenn einer der jungen Eheleute den Verstand verloren habe, dann sei es ohne Zweifel ihre gemeinsame Tochter Elżbieta. Deren Verhalten seit der Geburt des ersten Kindes lasse nun wirklich darauf schließen, dass in ihrem Kopf nicht mehr alles am richtigen Platz sitze. Zu diesen Worten schlug sie mit der Hand derart gegen das Kopfteil des Bettes, dass Tadeusz dachte, ihn müsse sogleich noch eine Herzattacke, diesmal in Verbindung mit einem Hörsturz, ereilen.

Bei den Gedanken an Elżbietas Allüren bebte Małgorzata Mroźek vor Zorn. Sie flehte zu Gott, betete und heulte. Steile Falten standen zwischen ihren Augenbrauen, so groß war die Wut auf ihre missratene Tochter.

Alle ihre anderen Kinder waren wie zarte Blütenknospen aus dem Leben gepflückt worden. Einzig Elżbieta, die der kleinste und schwächlichste unter ihren Säuglingen gewesen war, durfte leben. Einem nackten Vögelchen glich sie, als sie schleimverschmiert auf dem Laken des Geburtsbettes gelegen hatte. Ihr kleiner Körper hätte in eine Zigarrenkiste gepasst, und Małgorzata sah sie schon in einer solchen zu Grabe getragen werden. Man ließ den Säugling gleich nach der Geburt taufen und salben, da man nicht an mehr als ein paar Stunden Leben des kleinen Mädchens glaubte. Aber sie hatten sich getäuscht, der Säugling war zäh gewesen und hatte schnell an Größe und Gewicht gewonnen.

Ihr Vater, der das Mädchen über alles liebte, hatte versucht, ihr das weiterzugeben, was ihm selbst die größte Freude im Leben war: die Musik. Da es in Krakau weder eine Oper noch eine Philharmonie gab, hatte er mit ihr Soireen und kleine Konzerte in den Kirchen besucht. Die Mutter war selten mitgekommen, weil sie es für überflüssigen Müßiggang gehalten hatte, inmitten von fremden Menschen für teures Geld ein paar Musikern zu lauschen, die nicht mal eigene Stücke spielten, sondern sich bei Ouvertüren, Konzerten, Suiten oder Divertimenti der großen Komponisten bedienten. Ja, hätte sie den Komponisten höchstpersönlich bei der Darbietung ihrer Kompositionen zuhören können, hätte sie es für verständlich gehalten, dafür Geld zu bezahlen, aber so? Sie schaute sich ja auch keine Gemäldekopien an!

Die Tochter ließ sich von der Liebe zur Musik anstecken. Bereitwillig nahm sie Klavierunterricht und gab diesen auch nicht, im Gegensatz zu den meisten anderen Nebenbeschäftigungen ihres Lebens, nach kurzer Zeit wieder auf. Nichts liebte Elżbieta so wie die Musik Mozarts. Sie erweckte in ihr ein Kribbeln, wie es später nur das Geplänkel mit jungen Männern hervorrief. Wenn sie Musik hörte, war es, als wachse in ihr ein zweiter kleinerer Körper, der vom äußeren unabhängig zu sein schien. Es war, als schwebe dieser zweite Körper und werde durch Musik zum Tönen gebracht, einer eigenen Stimme ähnlich, deren Klänge wie Saiten in ihr vibrierten.

Als kleines Mädchen hatte sie eine Aufführung der Zauberflöte erlebt und war selbst ganz verzaubert gewesen. Mit großen glänzenden Augen und vor Aufregung warmen Wangen hatte sie dem Singspiel gelauscht. Die kleinen Hände andächtig im Schoß gefaltet, hatte sie mit den Figuren gefühlt und gebangt. Die Koloraturen der Königin der Nacht hatten sie eine fast schon schmerzhafte Freude verspüren lassen, und noch tagelang hatte man die kleine Elżbieta deren Stimmlagen nachahmen gehört.

Aber die Tochter, für die Małgorzata alles getan, der sie eine gute Erziehung ermöglicht und jeden Wunsch erfüllt hatte, zeigte sich undankbar. Małgorzata bereute zutiefst, das Einzige ihrer Kinder, das Gott hatte leben lassen, so sehr verwöhnt zu haben. Sie hätte ihr mehr Demut beibringen müssen, dann hätten das Scheitern der Ehe zwischen Elżbieta und Karol und die Herzattacke ihres Mannes Tadeusz sicherlich verhindert werden können.

Elżbieta war hochmütig geworden. Sie war es gewohnt, dass man ihren Willen erfüllte. Die Überheblichkeit, ihre Arroganz, die sie ihrem Mann Karol gegenüber impertinent hatte werden lassen, mussten ihn in die Flucht geschlagen haben. Er hatte den Rückzug aus seinem eigenen Heim angetreten und noch dazu hatte es ihm die Sprache verschlagen. Hatte Małgorzata nicht selbst miterlebt, wie ihre Tochter nach der Geburt der ersten Tochter heulend wie ein Schlossgespenst durch die Flure des *dwór* geschlichen war? Und das wochen-, ach was, monatelang! Hysterie war das einzige Wort, das das Verhalten der Tochter passend beschrieb. Małgorzata grämte sich, es zuzugeben, aber sie hatte bei einem Besuch im Hause ihres Schwiegersohnes mit ansehen müssen, wie dieser sich von einer kreischend am Boden liegenden Elżbieta mit Fußtritten traktieren ließ. Und ihre Tochter, die sie erzogen, der sie Anstand und Manieren beigebracht hatte, hatte sich nicht einmal geschämt, dass ihre nackten Beine zu sehen gewesen waren. Małgorzata wusste ja nicht, wie oft Karol Opfer einer solchen Furienattacke geworden war, aber eins war sicher, anstatt den Rückzug anzutreten, hätte sie an seiner Stelle Elżbieta ein paar krachende Ohrfeigen verpasst. Je länger sie darüber nachdachte, desto sicherer war Małgorzata, dass ihre Tochter den guten Karol durch ihr undankbares Wesen und ihre charakterlichen Schwächen in den Wahnsinn getrieben hatte. Und letztendlich war sie deshalb auch verantwortlich für die lebensbedrohliche Krankheit ihres Vaters.

Als Elisa geboren war und Karol sich immer noch nicht anschickte, in seinen *dwór* zurückzukehren, glaubte auch Tadeusz nicht mehr an eine Besinnung seines Schwiegersohnes. Seine Frau, die ihre Tochter und das neugeborene Enkelkind besucht hatte, erzählte ihm von Elżbietas Empfindungslosigkeit dem Säugling gegenüber. Sie gab das wieder, was ihr die alte Malwina berichtet hatte, die zur Nabel- und Gewichtskontrolle und anscheinend auch zum Konsum von heißer Schokolade – und das im Sommer, wie proletarisch! – im Haus gewesen war: Dass sich bei Elżbieta keinerlei Freude über das Neugeborene einstelle, dass sie das Kind nicht einmal im Arm halten wolle, dass sie lieber Schmerzen und Fieber einer Mastitis auf sich nehme, anstatt das Kind anzulegen. Dass Agnieszka ihr das Kind an die Brust halten müsse, damit es satt und die Brust geleert würde, und Elżbieta es dann doch teilnahmslos geschehen lasse. Dass sie sich auf der anderen Seite auch nicht um eine Amme bemühen wolle und alle Vorschläge in diese Richtung mit einem müden Kopfschütteln abwinke. Dass sie sich auch um ihre erst anderthalbjährige Tochter Katarzyna nicht mehr kümmere, ja diese nicht einmal beachte. Dass sie kaum esse und trinke und sich weder kämme noch wasche. Letzteres hätte die alte Malwina ihr nicht erzählen müssen, denn auch wenn Małgorzata wusste, dass eine Wochenbettstube mit der Geruchsmischung aus Blut, Schweiß, Urin und leichter Verwesung sich nicht vorteilhaft auswirkte, war die Ungepflegtheit ihrer gewöhnlich vor Eitelkeit strotzenden Tochter nicht zu übersehen.

Nach Katarzynas Geburt hatte Elżbieta einige Schwierigkeiten gehabt, zu begreifen, dass dieses schwarzhaarige Kind, das in allem seinem Vater so glich, über den flachen Hinterkopf zur slawischen Stirnwulst und dem kantigen Schädel, über die breite

Nase bis zu den schon ernsten Augen, auch ihr Kind war. Doch neben dieser anfänglichen Annäherungsschwierigkeiten hatten sich gleich nach dem Durchtrennen der Nabelschnur die üblichen Gefühle eingestellt. Elżbieta hatte weinend gelacht, massenweise Adrenalin ausgeschüttet, Euphorie empfunden und noch ein bisschen lachend geweint, als der klebrige Säugling in ihrem Arm eine ordentliche Ladung Kindspech losgelassen hatte.

Nach Elisas Geburt geschah nichts dergleichen, obwohl dieser Säugling Elżbieta sehr ähnlich sah. Keine Freude wollte sich zeigen, weder auf ihrem Gesicht noch in ihrem Herzen. Einzig die Namenswahl, bei der die Mutter alleine entscheiden musste, sagte etwas darüber aus, dass Elżbieta die Ähnlichkeit wahrnahm und das Kind als ihres annahm; sie wählte einen Namen, der ihrem entsprang.

Die Nachricht, wieder nur eine Enkeltochter bekommen und eine weiterhin von Depressionen geplagte Tochter zu haben, zudem keine Rückkehr des Schwiegersohnes vermelden zu können, bescherte Tadeusz Mroźek in seinem Bett, das er seit dem Auszug von Karol nicht mehr verlassen hatte, eine neuerliche, diesmal endgültige Herzattacke.

Małgorzata besaß trotz der Wut auf das schändliche Verhalten ihrer Tochter und der Trauer über den Tod ihres Mannes die Geistesgegenwart, alles daranzusetzen, dass die Enkeltöchter niemals erfahren sollten, welchem Tollhaus sie entstammten. Wichtig war ihr, eine Lösung zu finden, die den Kindern das Leben nicht ganz so schwer machte. Ihre Mutter konnte man ihnen, leider Gottes, nicht ersparen. Das Wissen, einen Vater zu haben, der noch vor seinem dreißigsten Geburtstag zu schweigen begonnen und sich aus dem Familienleben gestohlen hatte, aber schon. Also dachte Małgorzata nach, drehte die Tatsachen, betrachtete und sortierte, als lese sie Hülsenfrüchte für ein kräftiges Süppchen. Katarzyna war noch zu klein, sie würde sich schon in wenigen Monaten nicht mehr daran erinnern können, dass Karol vor der Geburt ihrer jüngeren Schwester im *dwór* gelebt und die Sprache nicht nur beherrscht, sondern auch benutzt hatte.

Im allgemeinen Einverständnis, das im Wesentlichen aus Małgorzatas Auffassung, was richtig sei, bestand und welches die anderen Betroffenen, sprich: Elżbieta und die Angestellten des *dwór*, hinzunehmen gezwungen waren, kam Małgorzata zum Entschluss, es sei das Beste für die Mädchen, wenn sie glaubten, der Vater sei von Geburt an stumm gewesen. Ein stummer Vater sei für Kinder schließlich nicht so belastend wie ein wahnsinniger.

Natürlich war Małgorzata bewusst, dass die ganze Angelegenheit auf etwas wackligen Beinen stand, wie ein Fohlen kurz nach der Geburt. Es konnte schließlich sein, dass Karol sich eines Tages besinnen und zurückkehren würde oder zumindest wieder zu sprechen begänne. Dieses Risiko nahm sie aber in Kauf. Sollte Karol sich seiner Familie wieder zuwenden, so konnte er auch selbst erklären, weshalb er ausgezogen sei und warum es ihm die Sprache verschlagen habe. Im Falle einer Genesung Karols wäre Małgorzatas Anteil an Verantwortung ihren Enkeltöchtern gegenüber längst abgetragen. Da sie außerdem Tadeusz und Beata gekannt hatte, Karols Eltern, verrückte Sturköpfe – Afrika! Man stelle sich nur mal vor! –, war sie sicher, dass die Veranlagung zum Wahn ebenso wie zum Starrsinn in der Familie lag. Tief in ihrem Inneren wusste sie, dass Karol weder zu Elżbieta zurückkehren noch dass er jemals wieder sprechen würde. Ärgerlich nur, dass sie damals nicht besser nachgedacht und einen integereren Mann gewählt hatte. Aber wer wusste schon, ob Elżbieta nicht jeden in den Wahnsinn getrieben hätte.

Agnieszka gab unter Anweisung der Mutter ihrer Herrin ihr Bestes, um die Mädchen von dieser Geschichte zu überzeugen. Elżbietas Anteil an der offiziellen Version zum Verhalten ihres Mannes bestand darin, möglichst wenig mit ihren Kindern zu reden, so dass sie gar nicht erst in die Lage kam, Fragen zu beantworten, und dafür zu sorgen, dass die Mädchen, außer zum sonntäglichen Kirchgang, den *dwór* und sein Gelände nicht verließen, damit keiner, der die Familie kannte, ihnen eine andere Geschichte erzählen konnte. Die Bediensteten wurden bis auf Agnieszka mit der Zeit entlassen oder gingen von selbst, denn es gab für sie nichts zu tun. Elżbieta kümmerte sich nicht um die Belange des Guts, sie wies keinen der Angestellten dazu an, auch nur irgendwas zu tun, und sie bezahlte auch niemanden.

Nach dem Tod ihres Mannes besuchte Małgorzata die Kirche noch emsiger. Sie trug schwarz und bedeckte das zu einem festen Knoten geschlungene weiße Haar mit einem Tuch. Ihre magere Gestalt in der muffigen schwarzen Kluft glich einem zerrupften alten Raben. Dieser hagere dunkle Schatten scheuerte sich die Knie auf den Holzbänken der Kirchen Krakaus wund, unablässig einen Rosenkranz zwischen den knochigen Fingern drehend, den Małgorzata nur zur Seite legte, um das Grab ihres Mannes und ihrer verstorbenen Kinder zu pflegen. Sie war jedoch Christin genug, um sich ihrer Mitschuld am Drama der jungen Eheleute bewusst zu sein, denn schließlich hatten sie und ihr verstorbener Mann die Tochter durch ein Höchstmaß an Aufmerksamkeit in die folgenreiche affektierte Eitelkeit getrieben. Sie war nun bereit, dafür, in angemessenem Rahmen, zu büßen. Bis ans Ende ihres eigenen Lebens wollte Małgorzata Mroźek nur noch trockenes Brot und gedünstetes Gemüse essen. Sie wollte sich keine Vergnügungen mehr gönnen, zweimal täglich die Messe besuchen und an die Gemeinde spenden, was sie für Überfluss hielt. Ihr einzig lebendes Kind, ihre Tochter Elżbieta, wollte sie nicht mehr besuchen.

Und während russische Gymnasien und Hochschulen den Numerus clausus für Juden einführten und der polnische Arzt Ludwik Zamenhof unter dem Pseudonym Dr. Esperanto seine Idee der künstlich internationalen Sprache veröffentlichte, saß die sich der Askese verschriebene Małgorzata abends alleine im Polstersessel, dachte über die Sinnlosigkeit ihres Lebens und ihre nichtsnutzige Tochter nach und trank weiterhin ihren schweren süßen Likör aus einem Porzellanbecher, damit eventuelle Besucher denken sollten, sie trinke Tee. Nach einigen Bechern rötete sich ihr Näschen im hageren Gesicht, und sie glaubte wohl selbst, die Wärme in Bauch und Brust komme von dem Tee, der in der bauchigen Kanne auf dem Tisch langsam kalt wurde.

Tagsüber traf sich Małgorzata mit ihrer Freundin Zosia Kowalska, die ihren kleinen fettleibigen Enkel Roman mit sich schleppte. Der fraß Małgorzata regelmäßig alles, was sie an Pralinen für Besucher im Haus hatte, weg und machte dann ein Mittagsschläfchen in ihrem Bett. Dort lag er, den muffigen Geruch der alten Frau einatmend, während das Tageslicht matt durch die Vorhänge ins Zimmer drang. Durch den Türspalt konnte er das Flüstern der alten Frauen hören. Vom Klacken der Rosenkränze begleitet, sprachen sie vom Fegefeuer, von den Qualen, die die Hölle für alle Sünder bereithielt, und vom drohenden Weltuntergang. Ihre Worte und der eindringliche Ton, in dem die Alten ihre Weissagungen mit erhobenen Zeigefingern heraufbeschworen, machten Roman solch eine Angst, dass er nicht in den Schlaf fallen konnte. Um sich zu beruhigen und beim unausweichlich nahenden Untergang der Erde nicht allein sterben zu müssen, lockte er Minka, das

Hündchen seiner Oma, mit einem Stück Speck oder einer Wurstpelle zum Auslutschen, die er eigentlich für sich selbst in den Bauchtaschen seiner Hose hortete, zu sich ins Bett. Er hielt den Hund fest umschlungen und schlief endlich schnaufend und sabbernd ein. Leider umklammerte er das Hündchen vor lauter Angst so fest, dass, als er wieder wach wurde, Minka unter seinem Gewicht erstickt war. Damit begann seine Karriere als Tiermörder, wenn in diesem Fall auch unbeabsichtigt.

VII Notwendigkeit des geschriebenen Wortes

Als Katarzyna ihre Mutter Elżbieta am Abendtisch so die Beherrschung verlierend gesehen hatte, hatten sich in ihrem Kopf mehrere Dinge gleichzeitig abgespielt.

Erst einmal hatte sie das Geschehen, dessen Zeugin sie geworden war, verarbeiten und speichern müssen. In mehreren Stufen waren die Bilder von der Netzhaut bis zu dem Teil ihres Gehirnes im Hinterkopf gewandert, der für die visuellen Informationen zuständig war. Dann hatten Verknüpfungen von Synapsen die neue Information: *Mutter hat seit langem wieder einmal einen hysterischen Anfall, diesmal noch schlimmer als beim letzten Mal, als sie die Photographien aus den Rahmen gerissen hat und sie zerfetzen wollte, wovon Agnieszka sie zum Glück noch abhalten konnte* in den Teil ihres Gehirnes eingeordnet, der die Beschriftung: *Das seltsame Verhalten meiner Mutter* trug.

In der Nacht hatte Katarzyna kaum schlafen können, denn erstens war sie sehr aufgewühlt gewesen, und zweitens war ihre Mutter in ihrem Zimmer nebenan ununterbrochen herumgelaufen. Irgendwann musste der Schlaf Katarzyna aber doch überkommen haben, er musste sie hinterrücks überfallen, überwältigt und gefangen genommen haben, denn sie hatte nicht einmal seine vorsichtige Annäherung, sein Heranschleichen bemerkt. Ob Elżbieta ihr unruhiges Gehen unterbrochen hatte, wusste Katarzyna nicht, aber als sie in der Morgendämmerung aufgewacht war, konnte sie das Schleifen der Füße nebenan immer noch hören.

Nun lag Katarzyna in ihrem Bett, und das Zwitschern der Vögel in dieser frühen Stunde war zu laut, als dass sie in den Schlaf zurückfinden konnte. Es mussten sehr viele Vögel sein, die sich im Geäst der Bäume vor dem Haus oder im Efeu an der Hauswand tummelten. Katarzyna konnte neben dem gewöhnlichen Gezwitscher der Meisen, Amseln und Drosseln ein Blaukehlchen erkennen. Ihr Verständnis der Ornithologie ging sogar so weit, dass sie den Gesang eines Grauschnäppers, der auf dem Dach sitzen musste, ebenso wie den eines Hausrotschwanzes heraushören konnte. Besonders penetrant erschien ihr aber das hartnäckige Gurren einer Taube, die in der Birke vor ihrem Fenster saß. Sie hatte das Gefühl, es übertöne alle anderen Vogelstimmen, und je mehr sie sich auf dieses Geräusch konzentrierte, desto lauter und unangenehmer war es. Kurzzeitig überlegte sie, aufzustehen, das Fenster zu öffnen und einen Schuh nach dem Tier zu schmeißen.

Aber dann war die Erinnerung an den vorigen Abend und an den vorletzten Anfall ihrer Mutter, der schon fast ein Jahr zurücklag, so präsent, dass die Vogelstimmen von ihrem inneren Aufruhr übertönt wurden.

Die Photographien, die von der Mutter aus den Rahmen gerissen worden waren, darunter das Hochzeitsbild der Eltern, hatten von Hoffnung und Koketterie gesprochen. Über den Grund des Anfalls ihrer Mutter hatten die Bilder geschwiegen. Die Mädchen hatten das Abbild ihrer Eltern in Sepia lange betrachtet, bevor sie es, um es vor weiteren Attacken der unzurechnungsfähigen Mutter zu schützen, in eine Schublade des Schreibtisches im Studierzimmer gelegt hatten.

Still zu liegen und nichts zu tun, außer den Vögeln und den Schritten der Mutter zuzuhören, hatte zur Folge, dass Katarzyna viele Gedanken durch den Kopf flatterten und ein Durcheinander erzeugten. Das, was in ihrem Kopf vor sich ging, war dem Zwitschern der Vögel im Morgengrauen nicht unähnlich. Zu den Erinnerungen an die Anfälle der Mutter gesellten sich Erinnerungen an andere Dinge, wie alte Bekannte, die man lange nicht getroffen hatte. Ereignisse, die sie erst jetzt, Jahre nach dem Erleben, einordnen konnte.

Katarzyna fragte sich nicht zum ersten Mal, ob ein Mensch sich an alles erinnern könne, was er je erlebt habe, oder ob es Dinge gab, die einfach verschwanden. Sich an alles erinnern zu können, bedeutete doch, mit dem Vergangenen so viel Zeit zuzubringen wie mit dem Leben selbst. Schloss also das Leben die Erinnerung als Gesamtheit aus? Oder war Erinnerung grundsätzlich ins Leben integriert? War in einem Lebensplan die Erinnerung an alles Erlebte inbegriffen? Oder gingen Geschehnisse irgendwo in den Tiefen des Gehirnes verloren, die relevant für das gegenwärtige Leben waren?

Was war mit den Erlebnissen der frühesten Kindheit? Wie es gewesen war, in den Windeln gelegen zu haben, konnte Katarzyna nicht wirklich erinnern, und wenn sie es nicht konnte, konnte ihre Schwester es noch weniger und andere wahrscheinlich auch nicht. Man wusste also nicht mehr, wie es sich angefühlt hatte, laufen und reden gelernt zu haben. Aber andere waren dabei gewesen. Agnieszka zum Beispiel. Agnieszka wusste, wie und wann Katarzyna ihre ersten Schritte getan und ihre ersten Worte geformt hatte. Sie hatte es von außen betrachtet und besaß einen Teil von Katarzyna, den Katarzyna selbst nicht kennen konnte. Und dann gab es noch das, was sie als *täuschende Erinnerung* bezeichnete, nämlich etwas, an das man sich zu erinnern glaubt, das man voller Überzeugung, ja detailliert vor sich sah, was aber nie passiert war.

Katarzyna hatte immer gedacht, sie könne sich genau daran erinnern, wie es gewesen war, als sehr kleines Kind mit ihrem Vater und der noch kleineren Schwester über den *Rynek Główny* um die Tuchhallen Krakaus herumzuspazieren. Sie hatte Szenen und Bilder vom Markt im Kopf, sah die Blumenverkäufer und hörte das Stimmengewirr der Händler und Passanten, spürte ihre kleine Hand in der großen warmen des Vaters. Sie hatte die Monotonie der Stimme des Priesters während der Messe hören, die Härte der Holzbänke der Marienkirche spüren können, als befände sich ihr Hintern gerade eben auf einer von ihnen. Die Dunkelheit des Kirchenbaus, in dem sie sich nie gelangweilt hatte, weil es so viel zu betrachten gab, und seine Unheimlichkeit waren ihr absolut präsent. Katarzyna hatte sich an die Angst vor den Totenköpfen im fahlen Licht, das durch die Scheiben gefallen war, erinnern können, aber auch an die Ruhe, die das Funkeln der goldenen Sterne im blauen Kuppeldach in ihr ausgelöst hatte. Allein die vergoldeten Szenen im Rücken des Chorgestühls, die Epitaphien Krakauer Bürger in den Kirchenwänden und die Wandmalereien boten so viel zu sehen, dass sie immer wieder Neues entdecken konnte. Sie hatte auch die Übelkeit, die ihr der Geruch des Weihrauchs auf den nüchternen Magen verursacht hatte, nicht vergessen können.

An all dies meinte sie sich ganz genau erinnern zu können, bis sie eines Tages mit dem Klavierstimmer über die Gestaltung der Wandmalereien und Glasfenster in der Marienkirche gesprochen hatte. Katarzyna sammelte jedes Detail, das ihr der Klavierstimmer über die Krakauer Künstler, Musiker und Literaten erzählte. Und Kazimierz war froh, dass sich dieses Mädchen für weitaus interessantere Themen begeisterte als für den üblichen Tratsch, den man sonst von ihm erfragte. Er hatte also berichtet, was er wusste: Dass Jan Matejko die Malereien und Fenster entworfen und gemeinsam mit seinem Schüler Józef Mehoffer und dem Maler Stanisław Wyspiański ausgeführt habe. Die Arbeiten seien 1891 fertiggestellt worden.

Das hatte Katarzyna stutzig gemacht, denn dann hätte sie während der unzähligen Kirchgänge mit ihrem Vater unfertige Bilder oder Gerüste sehen müssen.

Nachdem der Klavierstimmer gegangen war, hatte sie Agnieszka auf ihre Verwunderung angesprochen. Durch eindringliche Nachfragen konnte sie ihr entlocken, dass der Vater seine Töchter tatsächlich erst einige Jahre später hatte abholen lassen. Außerdem hatte sie von Agnieszka erfahren, wie sie und Elisa anfangs immer weinten, wenn sie ihn trafen, weil sie es nicht gewohnt waren, das Haus zu verlassen, und auch, weil sie ihren Vater gar nicht kannten. Das hatte Katarzyna am meisten erstaunt, denn in ihrer Erinnerung war ihr Verhältnis zu Karol immer angenehm und vertraut gewesen. Sie fühlte sich ihm näher als ihrer Mutter, obwohl er nicht sprach und sie ihn nur einmal im Monat sah. Ihr Gehirn musste ihr wohl, was ihre frühkindlichen Erinnerungen anging, einen großen Streich gespielt haben.

Und eine weitere Frage quälte sie: Konnten die irgendwo schlummernden Erinnerungen an Erlebnisse aus frühester Kindheit wieder geweckt werden? Oder waren die meisten auf immer und ewig verloren, während nur die prägnanten erhalten blieben?

Nichts hatte zum Beispiel die Erinnerung an eine besondere Begebenheit trüben können, auch wenn Katarzyna zum Zeitpunkt des Geschehens noch klein gewesen war: Sie war damals davon wach geworden, dass sie geträumt hatte, die Sonne schiene zu heiß. Sie lag im Traum auf der Wiese unter dem Birnbaum, halb im Schatten, aber die Sonne schien ihr mitten ins Gesicht. Sehr heiß. So heiß, dass sie in ihr Gesicht gegriffen hatte, um die Strahlen und ihre Hitze wegzudrücken. Sie wollte sich nicht mit den Händen schützen. Sie wollte die Hitze packen und wegschleudern, und irgendwie wusste sie, dass dies auch möglich war.

Als sie das Kissen weggeschoben und japsend wieder frei atmen konnte, saß ihre Mutter an ihrem Bett und erschien ihr noch fremder als sonst. Sie hatte sich nicht erinnern können, ihre Mutter schon einmal an ihrem Bett sitzen gesehen zu haben.

»Was ist?«, hatte Katarzyna gefragt, und ihre Mutter, eigentümlich wach und gleichzeitig so abwesend wie immer, hatte gesagt: »Nichts, mein Schatz, nichts. Schlaf ruhig weiter.« Sie hatte ihrer Tochter das Kissen wieder unter den verschwitzten Kopf gelegt, ihr über das nasse Haar gestrichen und war aus dem Zimmer gegangen.

»Schlaf, mein Schatz, schlaf«, hatte sie noch einmal gesagt und die Türe geschlossen. Es war das einzige Mal gewesen, dass Katarzyna sich entsinnen konnte, Schatz genannt worden zu sein.

Katarzyna ordnete und sortierte diese und andere Erinnerungen und archivierte sie, um sie jederzeit wieder abrufen zu können.

Ordnung war eine Eigenschaft, die zu Katarzynas höchsten Prioritäten gehörte.

Im Gegensatz zu ihrer Schwester hielt sie ihr Zimmer immer tadellos aufgeräumt. Sie hatte sich in der Einrichtung auf das Wesentlichste beschränkt, weil sie der

Meinung war, zu viele optische Reize sorgten für Unruhe und Verwirrung des Geistes. Abgesehen von dem zart lilafarbenen Blütenmuster ihrer Wand war alles in Weiß gehalten. Sie hatte ein Bett, ein Nachtschränkchen und einen Kleiderschrank. Bis auf ein hölzernes Kreuz über dem Bett waren ihre Wände leer.

Das Zimmer ihrer Schwester hingegen war voller Bilder, Spiegel und Andenken. Kleidung lag im ganzen Raum verstreut, jede freie Fläche wurde genutzt, um mit Freundschaftsgläsern von Jarek, Figuren und Nippes angefüllt zu werden. Alles, was Elisa besaß, musste möglichst filigran und mit Schnörkeln, Blüten, Schleifchen oder Ornamenten versehen sein. Ihr Toilettentisch war mit Parfümflakons, Duftwässerchen, Kosmetiktiegeln, Seifen und Schmuckdosen überhäuft. Diese ganzen Dinge hatte Elisa sich von Karol schenken lassen, wenn er mit den Töchtern nach der Messe über den *Rynek Główny* spazierte, Elisa plappernd und staunend, Katarzyna die Menschen beobachtend, Karol schweigend, die Hände hinter dem Rücken verschränkt. Er versäumte es nie, Katarzyna die Bücher zu schenken, um deren Anschaffung sie ihn gebeten hatte, und Elisa zu kaufen, was ihre Augen unter all den angebotenen Waren am meisten zum Leuchten brachte. Danach gingen sie ins Café *Secesjana*, die Mädchen tranken heiße Schokolade oder Holundersaft und ihr Vater Kaffee. Wenn der Trompeter den *hejnał* zur fünfzehnten Stunde in alle vier Himmelsrichtungen geblasen hatte, ließ Karol seine Töchter wieder zum *dwór* hinausfahren.

In Katarzynas Zimmer stand auch einmal einen Toilettentisch, den sie aber nie benutzte. Als sie alt genug war, zu merken, dass sich in diesem Haus niemand darum scherte, was sie tat, sortierte sie ihn sofort aus.

Da Elżbieta seit Karols Auszug ein Eremitenleben führte und die Schwestern nur zu den Sonntagsausflügen mit ihrem Vater in die Stadt kamen, hatten sie keine Möglichkeit, Kontakte außerhalb ihres Hauses zu pflegen. Elisas Bekanntschaften beschränkten sich auf die mit Jarosław Koźny, Katarzynas auf die mit ihren Büchern. Doch obwohl Katarzyna immer las, lag niemals mehr als ein Buch in ihrem Zimmer.

Das Einzige, was die Schwestern im Hinblick auf ihre Schlafzimmer gleich hielten, war die Regel, dass die Katzen draußen zu bleiben hatten, wenn auch aus unterschiedlichen Gründen. Katarzyna wollte nicht, dass die Tiere ihr Zimmer, schlimmstenfalls sogar ihr Bett, als Ort für ihre natürlichen Verrichtungen nutzen und gar einen ihrer unzähligen Würfe dort ablegen könnten. Außerdem ekelte es sie, Katzenhaare auf ihrem Bettzeug zu finden.

Elisa hatte ganz einfach Angst vor den Tieren. Sie hatte das Gefühl, die Katzen belauerten sie, beobachteten genauestens jeden Schritt und Handgriff, den sie tat, und durchschauten zudem ihr Denken. In ihren stechenden Augen las sie Bösartigkeit, die sie durch das Verhalten der Tiere bestätigt sah. Das höchste Ziel schien die Zerstörung schöner Dinge zu sein. Die Katzen zerkratzten Polstermöbel, zerfetzten Paradekissen, zerrissen Tapeten, urinierten auf Kleidungsstücke und warfen alles, was ihnen auf Anrichten und Schränken im Weg war, achtlos hinunter. Elisa aber liebte ihre Kleidung, ihre Kissen und ihre Bettwäsche, sie mochte ihre geblümte Tapete und ihr Sammelsurium an kleinen Erinnerungsstücken. Zudem fürchtete sie sich davor, selbst angegriffen zu werden. Deshalb schloss sie die Katzen nicht nur aus ihrem Zimmer aus – das Schließen der Tür war, neben der Pflege ihres Äußeren, die einzige diszipliniert ausgeführte Tätigkeit, die Elisa nie vergaß –, sie machte auch generell einen Bogen um Katzen.

Elisas Angst vor den Katzen mochte darin begründet liegen, dass es sich eins der Tiere, ein besonders dicker Kater, im Stubenwagen auf ihr bequem gemacht hatte. Agnieszka hatte das Tier erst bemerkt und verjagen können, als der Säugling schon blau angelaufen gewesen war. Als Kind blieb Elisa den Katzen gegenüber wehrlos. Manchmal waren die Tiere über sie hergefallen, wenn sie gerade am Boden gehockt hatte, und hatten sich in ihren Haaren festgekrallt, um sich in die zarte Haut ihres Halses zu verbeißen. Dann ließ Elisa dies wimmernd und vor Schmerzen greinend geschehen, bis Agnieszka oder Katarzyna kamen, um sie zu befreien. War keine der beiden in der Nähe gewesen, hatte sie die Angriffe der Katzen so lange über sich ergehen lassen, bis diese von selbst von ihr abließen, ihr Nacken aber blutig gekratzt und gebissen war.

Katarzyna hatte kein Verständnis für Elisas Angst, weil sie sich ihrer Überlegenheit den Tieren gegenüber stets bewusst war. Selbst wenn die Viecher sie einmal kratzten oder bissen, war dies nicht so schlimm, dass ein Mensch den Schmerz nicht ertragen könnte. Die Angst der Schwester vor Pferden fand sie ebenfalls übertrieben. Wollte Katarzyna Elisa ärgern, zog sie sie damit auf, dass zu Träumen von Traumprinzen meist auch ein Gaul gehöre, auf dem der Auserwählte angeritten komme, und dass sie, Elisa, keine gute Figur machte, wenn sie ihre Röcke schürzte, um panisch kreischend davonzurennen.

Obwohl solche Spitzen sie sehr trafen, machte Elisa weiterhin einen Bogen um den Pferdestall der Familie Koźny, in dem auch das alte Pferd Karols gestanden hatte. Elżbieta hatte das Tier einige Monate nach seinem Auszug an Anton verkauft. Es war damals schon alt, und Anton hatte im Grunde nur einen hungrigen Schlund erworben. Normalerweise trug Anton keine solch uneigennützigen Züge in seinem Wesen, es musste das Mitleid mit seiner schändlich verlassenen Nachbarin gewesen sein, um deren Hand er selbst einmal angehalten hatte, das ihn dazu getrieben hatte, ihr den alten Klepper abzukaufen. Davon wussten die Mädchen freilich nichts. Katarzyna hatte einmal wissen wollen, warum ihr Vater in der Stadt wohne und nicht mit ihnen im *dwór*. Agnieszka hatte das kleine neugierige Mädchen mit der Begründung zufriedengestellt, dass Karol nicht nur keine Stimme habe, sondern auch sehr lärmempfindlich sei, weshalb er lieber alleine lebe. Erst als Erwachsene begann sie zu ahnen, dass die Stummheit des Vaters als Begründung seiner Abwesenheit erlogen war. Tuscheleien auf dem Vorplatz der Marienkirche erweckten erste Ahnungen, dass es noch einen anderen Grund für sein Leben in der Stadt geben musste. Ihre Mutter war also eine so vergrämte Frau, weil sie einen Mann geheiratet hatte, der nicht nur stumm war, was sicherlich schon schwierig genug sein musste, sondern der es auch noch, aus welchem Grund auch immer, vorzog, alleine zu leben.

Katarzynas zweite Priorität nach Ordnung war Klarheit. Wenn sie etwas nicht verstand, tat sie alles, um dieses Unverständnis zu lösen. Sie stellte Fragen und wälzte Bücher auf der Suche nach der Erklärung. Irgendeine Erklärung reichte ihr nicht. Alle Einzelheiten mussten eindeutig und logisch zu schlussfolgern sein. So war es auch jetzt. Das Zwitschern der Vögel hatte mit dem Anbruch des Tages abgenommen, die Schritte ihrer Mutter nicht. Das Leben im *dwór* hatte für Katarzynas Geschmack zu viele Ungereimtheiten, die sie nicht mit den Büchern ihres Großvaters aufdecken konnte.

Karols Vater, der ebenso wie Elżbietas Vater Tadeusz geheißen und den sie nie kennengelernt hatte, da er schon lange vor ihrer Geburt gestorben war, hatte im *dwór* neben dem Salon ein standesgemäßes Studierzimmer eingerichtet. Die drei fensterlosen Wände waren mit Bücherregalen zugestellt, die bis unter die Decke reichten. Vor der Wand mit dem einzigen Fenster stand ein wuchtiger Schreibtisch aus Eichenholz, dessen Türen und Füße mit geschnitzten Löwenköpfen verziert waren.

Zu beiden Seiten des Fensters hingen Schmetterlingskästen. Einige der Tiere, die mit Nadeln in den Holzboden der Kästen gespießt waren, waren handtellergroß. Unter jedem einzelnen der sorgsam getrockneten Insekten stand sein Gattungs- und Artenname. Es waren nicht die einfachen Kohlweißlinge, Zitronenfalter, Birkenspanner oder kleinen Füchse, aber auch nicht die selteneren Schwalbenschwänze, Admirale und Hauhechel-Bläulinge, die man hierzulande finden konnte. Tadeusz hatte die Rahmen mit den Sammlungen von einem Händler gekauft, der behauptet hatte, die Schmetterlinge beim Wiener Naturalienhändler Sieber erstanden zu haben. Bevor er dem Handel zugestimmt hatte, hatte Tadeusz sich einige der lateinischen Bezeichnungen notiert – *Papilio thoas, Caligo eurilochus, Attacus atlas* – und diese in seinem Studierzimmer in einem entomologischen Bestimmungsbuch nachgeschlagen. Nachdem er sich so versichert hatte, dass es sich um wahrhaftige exotische Schmetterlinge und Falter handelte, war er, bewaffnet mit einer Tafel, die er sich eigens zu diesem Zweck von einem befreundeten Professor der Naturkunde ausgeliehen hatte, zum Händler zurückgekehrt. Dort hatte er gewissenhaft jedes Tier in den Rahmen mit den Abbildungen auf den Tafeln verglichen, und erst nachdem dieser Vergleich zu seiner Zufriedenheit korrekt ausgefallen war, hatte er den Kauf besiegelt.

Die Schmetterlinge waren nicht nach ihren Fundorten geordnet, südamerikanische steckten neben südostasiatischen. Ein großer, schillernd blauer Himmelsfalter war dabei, daneben ein Vogelflügler aus Südchina, ein Königsschwalbenschwanz und ein metallicgrüner Schwalbenschwanz. Im anderen Rahmen befand sich der Atlasspinner, dessen Flügelspannweite bestimmt 30 Zentimeter betrug, was Katarzyna immer wieder beeindruckte. Unter diesem großen Tier war ein Bananenfalter aufgespießt. Die Farbigkeit der blauen und grünen Schmetterlinge war beeindruckend. Die Rot- und Gelbtöne der anderen Tiere waren jedoch ausgeblichen, denn Tadeusz hatte wie so viele seines Zeitalters nicht gewusst, dass zur Konservierung ihrer Farbigkeit Dunkelheit notwendig war.

In einer zweiten Reihe, über dem Fenster und den schwarzumrahmten Schmetterlingen, waren kleine Konsolen befestigt, auf denen miserabel ausgestopftes Kleintier platziert war, ein Frettchen und ein staubiger Rabe, dessen Gefieder den Glanz verloren hatte. In der Mitte war ein Hirschkopf befestigt, dessen Geweih sich in den Raum streckte. Elisa hatte sich als Kind sehr vor den Tieren gefürchtet, sie hatte geglaubt, sie lebten noch und stiegen gelegentlich von der Wand. Hatte sie nachts Geräusche im Haus gehört, so war sie sicher, dass es Großvaters Tiere waren, die durch Gänge und Zimmer huschten.

Katarzyna hatte man nur einmal erklären müssen, dass es sich um tote, aber ausgestopfte Tiere handelte, und ihre Furcht war verschwunden. Um Elisa die Angst zu nehmen, hatte Katarzyna sie einmal an der Hand um das Haus geführt. Hinter dem Studierzimmer war sie stehen geblieben und hatte ihrer jüngeren Schwester erklärt, dass die Tiere nicht lebendig sein könnten, da sonst mindestens das Hinterteil des Hirsches aus ebendieser Wand über dem Fenster herausragen müsse. Elisa hatte ihre große Schwester ehrfürchtig angesehen, auch brav mit dem Köpfchen genickt, Katarzyna hatte in Elisas großen blauen Augen jedoch lesen können, dass selbst diese unwiderlegbare Wahrheit Elisa nicht von der Überzeugung abbringen könne, die Tiere seien nachts lebendig. Sie hatte Elisa über das Haar gestrichen, ihr in die Wange des kleinen Gesichts, das immer noch die teigige Blässe der Kleinkinder getragen hatte, gekniffen und Elisa ab diesem Moment als hoffnungslosen Fall abgetan. Was erwartete sie auch von ihrer Schwester, die, wenn sie sich zu Agnieszka in die Küche gesellte, freiwillig auf einen Schemel am Küchentisch stieg, um voller Eifer Gemüse zu schnippeln. Solange Agnieszka mit der Zubereitung des Essens beschäftigt gewesen war, mit den Schaumlöffeln, Pfannenmessern und Töpfen hantiert hatte, die über dem Herd hingen, schälte die kleine Elisa an einer Kartoffel oder Mohrrübe herum, bis diese nur noch fingerkuppengroß war. Die mühevolle Arbeit hatte sie das Nahrungsmittel dann so lieb gewinnen lassen, dass es weder gekocht noch gegessen werden durfte. Deshalb hatte Elisa ihre Schnitz- und Schälüberbleibsel immer in der Tasche ihrer Schürze versteckt, um sie später in ihrem Zimmer zu horten.

Dort waren sie nicht selten verschimmelt, verfault und hatten gestunken, so dass Agnieszka sich auf die Suche nach den vergammelten Schätzen hatte machen müssen, wie eine Bäuerin nach den geheimen Nestern ihrer Hühner.

Auch wenn Katarzyna keine Angst vor den ausgestopften Tieren hatte, so fühlte sie sich doch wie in einem Konservatorium des Todes, wenn sie am Schreibtisch des Großvaters saß und ihr Blick über die ausgestellten Tiere glitt.

Es gab ein Photo von Tadeusz Laub, das ihn an seinem Schreibtisch zeigte, die eine Hand auf dem Globus, mit der anderen ein aufgeschlagenes Buch haltend. Sein Blick ging starr und emotionslos durch das Auge des Betrachters hindurch, Haar und Schnauzbart waren akkurat gescheitelt und unterstrichen die Strenge seines Ausdruckes.

Tadeusz Laub hatte sich sehr für Forschungen aller Art, im Besonderen aber für die Erforschung wilder Völker interessiert. Zum Leidwesen seiner Frau hatte er sich stapelweise Literatur über die Kolonien von Abenteurern und Forschern schicken lassen. Darunter auch ausländische Werke wie die des britischen Journalisten und Afrikaforschers Henry Morton Stanley, die zwei Bände *Journal of an expedition to explor the course and termination of the Niger* von Richard Lemon Lander und seinem Bruder John sowie Louis-Edouard Bouët-Willaumez' Abfassung *Commerce et traite des Noirs aux côtes occidentales d'Afrique*.

Da er die englische Sprache so gut wie gar nicht beherrscht hatte und der französischen nur schwerfällig mächtig gewesen war, hatte man ihn wochenlang in seinem Arbeitszimmer angetroffen, jeweils einen der Bände lesend, mühsam jedes Wort im Wörterbuch nachschlagend.

Der Höhepunkt seines Lebens aber sollte eine lang geplante Reise nach Mittelafrika sein, denn sein größter Wunsch war es gewesen, einmal mit eigenen Augen Löwen, Elefanten und halbnackte Neger zu sehen. Ein Löwenfell hatte er sich von dieser Reise mitbringen wollen, von einem selbst geschossenen Tier natürlich. Er hatte sich Schrotflinte, Lupen, Karten und einen Tropenhelm gekauft, der stets neben dem Globus auf dem Schreibtisch gelegen hatte, wenn Tadeusz ihn nicht gerade auf seinen kantigen Schädel gesetzt hatte, um im Gesträuch vor dem *dwór* bäuchlings robbend das geräuschlose Anschleichen zu proben. Hatte er in den Afrikaberichten gelesen, so war seine linke Hand dazu gleichmäßig über den vor ihm liegenden Helm gestrichen, so dass dieser mit der Zeit braun und speckig geworden war. Seine Frau hatte sich ihres afrikabegeisterten, im Gebüsch lauernden Mannes oft geschämt, der Reise mit Missgunst und Widerwillen entgegengesehen und ihn immer wieder zu überreden gewusst, damit noch etwas zu warten. Und Tadeusz, der selbst einen herrischen prügelnden Vater gehabt und als Knabe mit angesehen hatte, wie dieser die Mutter halb totschlug, hatte sich daraufhin geschworen, niemals gewalttätig gegen seine Nächsten zu werden, und gab seiner Frau deshalb immer wieder nach. Als er, knapp vierzigjährig, mit einer Lungenentzündung gelegen hatte, rang er seiner Frau das Versprechen ab, nach seiner Genesung nicht nur die Afrikareise antreten, sondern zusätzlich mit ihrer Begleitung rechnen zu dürfen. Seine Frau, wohl wissend, das aus seinem Krankenlager sein Sterbebett werden würde, hatte ihm dieses Versprechen gegeben, und so war er ruhigen Herzens gestorben, das Bild eines Löwen im Visier seiner Flinte vor Augen. Sie aber, die ein Leben lang über ihren Mann und seine Afrikaspinnereien gewettert hatte, hatte nach seinem Tod nichts mehr auf der Erde halten können.

Karol hatte das Interesse am Lesen von seinem Vater übernommen, der Sammlung weitere Exemplare zugefügt und die Vorliebe für das geschriebene Wort an seine ältere Tochter weitergegeben.

Man musste Katarzyna nie lange suchen: Saß sie nicht lesend im Salon, so saß sie lesend im Studierzimmer, und saß sie nicht lesend im Studierzimmer, so saß sie lesend im Bett, und saß sie nicht lesend im Bett, so lag sie wenigstens schlafend darin.

Die Depressionen und Anfälle der Mutter, der Vater, der außer Haus wohnte, die Tatsache, dass ihre Eltern sich niemals begegneten, und die Armut, in der sie im *dwór* lebten, das alles erschien Katarzyna an diesem Morgen merkwürdiger und doch zusammenhängender denn je zuvor.

Das Aufeinandertreffen der Erinnerungen in ihrem

Kopf wollte kein Ende nehmen, und so dachte sie daran, wie sie einmal die unbewohnten Zimmer der oberen Etage durchsucht hatte. Es gab jeweils ein Schlafzimmer für sie, Elisa und ihre Mutter. Agnieszka schlief in einer Kammer neben der Küche. Aber das Obergeschoss hatte noch drei Zimmer, deren Türen immer geschlossen waren. Als Katarzyna versucht hatte, sie zu öffnen, hatte sie festgestellt, dass sie gar nicht verriegelt waren. Sie hätte also schon zu jeder Zeit einen Blick in diese Räume werfen können, war aber nie auf die Idee gekommen, da es so selbstverständlich erschienen war, dies nicht zu tun. Die drei Räume waren mit Möbeln, Kisten und Unrat vollgestellt, den man eigentlich hätte entsorgen müssen. Leere Flaschen, Einmachgläser, zerbrochenes Porzellan, Kisten, Stapel von Zeitungen und verrostetes Werkzeug hatten ein Herumlaufen unmöglich gemacht. Die Verursacher dieser Ansammlung von Sperrgut mussten einfach alles ohne Ordnung und System in die Zimmer geschmissen und diese dann verschlossen haben. Da gab es zerbrochene Stühle, die nur noch drei oder zwei nutzlos in die Luft ragende Beine hatten, Pferdegeschirr, dessen speckiges Leder vor Staub grau und stumpf war, Berge von Lumpen, in die die Mäuse Nester gefressen hatten.

Katarzyna hatte ihren Toilettentisch entdeckt, den sie zwar selbst aussortiert, von dem sie aber nicht gewusst hatte, dass er hier gelandet war. Er musste zu den letzten Dingen gehört haben, die den Weg in die zugestellten Räume gefunden hatten, denn er stand gleich neben der Tür. Dahinter hatte sich ein Berg aus muffigem Bettzeug, Kinderkleidern von ihr und Elisa und Porzellanscherben getürmt. Der Tisch musste einfach ins Zimmer geschoben worden sein, ohne Rücksicht auf das, was schon da war, hatte man ihn noch hineingequetscht, damit die Tür wieder geschlossen werden konnte. Sie hatte ihn mit dem Verlassen ihres Schlafzimmers vollkommen vergessen. Katarzyna hatte mit den Fingerspitzen Linien in die graue Staubschicht des Tisches gezeichnet, flirrend waren die Staubkörner durch das fahle Licht, das durch den Spalt im Vorhang des zugestellten Fensters gefallen war, gewirbelt. Sie hatte begonnen, durch die Berge von altem, unbrauchbarem, vergessenem Zeug zu waten, als stapfe sie durch die sandigen Dünen der Küste, die sie nie gesehen hatte. Leise hatte sie Dinge verschoben, Gegenstände angehoben, in Truhen und Schränke gesehen.

Das, was sie tat, in altem Gerümpel Dinge über die Familie und deren Vergangenheit herauszufinden, war ihr billig und allerhöchstens in Romanen, deren Lektüre unter ihrem Niveau lag, vertretbar erschienen. Trotzdem konnte sie der Versuchung, etwas Interessantes zu entdecken, nicht widerstehen. Sie hatte Hutschachteln vom Hutmacher Dukatenzeiler inklusive verschiedenster Hüte, dazu Truhen, Schachteln und Kisten voller Wäsche, Schmuck und Kleidung gefunden. Ihre Mutter, die immer unfrisiert und nachlässig gekleidet herumlief, musste einmal Wert auf ihr Äußeres gelegt haben, denn die Schachteln waren innen allesamt mit Elżbietas

Mädchennamen und der Adresse ihres Elternhauses beschriftet. Und daneben war akkurat ihr neuer Name und die Anschrift des *dwór* hinzugefügt worden. Die Wäsche war mit den Initialen der Mutter bestickt. Katarzyna war über den Reichtum, der zwischen und unter dem Gerümpel und Müll gehortet wurde, verärgert. Warum lagerten hier so wertvolle Sachen, während sie im selben Haus in einfachen, alten Kleidern herumlaufen und Mehlsuppe essen mussten?

Katarzyna hatte weitere Schachteln und Kisten geöffnet, Deckel und Seidenpapier durch die staubige Luft fliegen lassen und Strümpfe, elegante Handschuhe, ein dunkelgrau gestreiftes Kleid und ein besonders schönes Collier aus grün funkelnden Steinen mit dazugehörigen Ohrringen gefunden. Der Missmut über die vermotteten Mehlsäcke, die madigen Rüben und die *kasza*, eine einfache Grütze, war mit jedem Schmuck- und wertvollem Kleidungsstück gewachsen.

Nachdem sie mehrere zerbrochene Stühle und lose Polster auf andere Möbel gestellt hatte, hatte sie einen Sekretär entdeckt, dessen Schreibplatte zur Hälfte mit leeren staubbedeckten Flaschen zugestellt war. Auf der anderen Hälfte lag ein großer Stapel alter Zeitungen. Sie hatte zwei der Flaschen angehoben, wovon ihre Finger schwarz und die Flaschenhälse stellenweise wieder grün geworden waren. Auf der Tischplatte des Möbelstücks hatten die Flaschenböden braune Kreise in der schwarzen dicken Staubschicht hinterlassen. Katarzyna hatte sie wieder auf diese Abdrücke gestellt, den Stapel alter

Zeitungen zur Seite geschoben, so dass er langsam von der Tischplatte und in den schmalen Spalt zwischen Sekretär und dem Berg aus Möbeln gerutscht war. Nachdem sich der Staub gelegt hatte und sie wieder sehen konnte, hatte sie eine Schublade des Sekretärs geöffnet. Die Schiene hatte gequietscht, das Holz war verzogen, die Schublade hatte sich nur ruckelnd aus dem Korpus des Möbels ziehen lassen, als weigere sie sich nach so langer Zeit der Starre, ihre Position zu ändern. In der Schublade hatten Briefe gelegen. Ein Packen gelber Briefe, deren Ränder braun gewesen waren. Nur unter der Schnur, die das Bündel zusammengehalten hatte, waren weiße dünne Linien auf den Kuverts. Katarzyna hatte die Briefe durch die Finger gleiten lassen, wie ein Spieler, der die Karten mischt.

Ihre Neugierde war groß, aber Katarzyna hatte immer noch gewusst, was sich schickte, und dazu gehörte eben auch, dass man Briefe anderer Leute nicht las. Unter dem Bündel lagen jedoch einige lose Blätter, die ausgesehen hatten, als schliefen die Buchstaben darauf unter einer gelben Decke aus Moder. Einzelne Reste der Sätze und Worte hatten wie verrenkte Arme und vorwitzige Füße hervorgelugt. Der oberste Brief war kaum noch zu lesen, der Anordnung der Sätze nach konnte es ein Gedicht sein, von dem jedoch nur noch wenige Worte erkennbar waren. Diese Seiten zu lesen hatte Katarzyna sich in einem Anflug von Trotz und Wut ihrer Mutter gegenüber gestattet.

Hebet Deine majestätische Blässe und *Licht funkelnd*

und spiegelnd, hatte sie gelesen, *Warme flackernde Fülle* und *Pracht Deiner Locken.* Über dem Gedicht stand *Für Elżbieta,* unterschrieben war es mit den Initialen A.K.

Das Geschriebene auf dem zweiten Blatt war besser zu lesen, da die Oberfläche durch die vorherige Seite vor der Verfärbung geschützt war. Es war auch ein Gedicht, ebenfalls Elżbieta gewidmet, allerdings nur dreizeilig und nicht besonders originell, wie Katarzyna fand.
Kupferne Flüsse fließen über Deine blassen Schultern
Weiß und rot
Will Dich lieben bis zum Tod.
M.K.

Das dritte Blatt war gut zu lesen, wieder war es ein Gedicht, wieder war es Elżbieta gewidmet, wieder handelte es von rotem Haar und war mit den Initialen H.L. unterzeichnet. Katarzyna hatte sofort gemerkt, dass der Verfasser Adam Mickiewicz kopiert hatte. Er hatte ein Werk des großen Dichters, dessen Titel ihr nicht sofort einfiel, etwas abgewandelt. Die letzte Strophe musste er allerdings vollständig dazugedichtet haben, da war sich Katarzyna sicher. Sie hatte beschlossen, nachdem sie alles wieder aufgeräumt haben würde, was in diesem Raum bedeutete, alles wieder an seinen im Staub markierten Platz zu stellen, im Studierzimmer die Gedichtbände von Mickiewicz hervorzuholen, um nachzuprüfen, ob sie mit ihrer Vermutung richtig lag. Außerdem hatte es sie geärgert, dass ihr der Titel des Gedichtes nicht einfiel.

Katarzyna hatte also die Briefe und Gedichte in die

Schublade zurückgelegt, nach mehreren Versuchen auch geschafft, sie wieder in den Sekretär zurückzuschieben, und währenddessen überlegt, wer die Verfasser sein konnten. Sie kannte nicht viele Leute, vielleicht hatte ihre Mutter ein geselligeres und schillernderes Leben geführt, als sie noch bei ihren Eltern in der Stadt lebte. Das erste Gedicht hätte den Initialen nach von Anton Koźny stammen können. Aber Katarzyna hatte sich beim besten Willen nicht vorstellen können, dass der strenge und spröde Anton jemals etwas anderes als Rechnungen gelesen und verfasst hätte. Dazu war er auch nicht einfallsreich genug.

Sie kam nie dahinter, wer die Verfasser der Gedichte waren, aber zum ersten Mal war der Gedanke in ihr erwacht, dass ihre Mutter einmal eine andere Frau gewesen sein musste, so hübsch, dass man Gedichte auf ihr Haar, das wohl einmal rötlich gewesen war, verfasst hatte. Jetzt war das Haar grau, ein paar Strähnen, die man bestenfalls aschblond nennen konnte, waren darin auszumachen. Schön war Elżbieta auf eine gewisse Art bestimmt immer noch, aber ohne Präsenz, ohne Ausstrahlung. Zumindest hatte Katarzyna mit ihrer Vermutung über das dritte Gedicht recht gehabt, es war eine Abwandlung von Adam Mickiewicz' Gedicht *Niepewność, Unsicherheit*.

Fragen, deren Antwort man nicht kannte, waren säbelklirrende Generäle, die hämmernden Schrittes hinter der Stirn auf und ab marschierten, bis der gesamte Kopf pochte. Deshalb mussten diese Fragen durch eine Antwort, eine Erklärung zu strammstehenden salutierenden Adjutanten gemacht werden, die auf Abruf zur Verfügung standen. Mit Elisa konnte Katarzyna nicht über die Entdeckung der Gedichte sprechen. Gerade bei rätselhaften, mysteriösen Fragen schien ihr ihre Schwester das denkbar unpassendste Gegenüber für eine fruchtbare Diskussion.

Sie musste damit leben, dass der General mit dem Namen *Warum* noch etwas marschierte. Ihre Mutter hielt Katarzyna für so absonderlich, dass es sie nicht einmal wunderte, wenn Elżbieta ihren Töchtern die Wahrheit über einige Ungereimtheiten, einen netten Umgang oder eine ausreichende Ernährung vorenthielt.

Der Hunger war es nun auch, der sie an der Hand fasste, die Bettdecke zurückschlagen ließ, sie vom Bett zog, ihr die Kleider reichte und sie die Treppe hinabdrängte, auf eine Tasse Getreidekaffee, Brotschnitten und ein paar Worte mit Agnieszka in der Küche.

VIII Die schönste Jungfrau sitzet dort oben wunderbar...

Marcin Kanarek rollte seine Augen, erhob die Arme flehend und zerzauste sich die sorgsam pomadisierten Haare. Keiner der Anwesenden versuchte, sich das glucksende, aus der Kehle aufsteigende Lachen zu verkneifen. Marcin, der die Herausforderung solcher Wettkämpfe liebte, weil sie seine Egomanie befriedigten, war der Erste, der aus der Reihe seiner Mitstreiter vor Elżbieta getreten war. Er trug eine aus nur drei Zeilen bestehende Ode auf ihr Haar so theatralisch vor, dass man meinen musste, der verzweifelte Haimon habe gerade seine erhängte Antigone gefunden. Seufzer ausstoßend, ließ er sich nach Beendigung seiner Rezitation in einen Sessel fallen und streckte seine langen Beine aus. Den Kopf schwungvoll in den Nacken geworfen, so dass die Haarsträhnen im Bogen einer ausgeworfenen Angelschnur flogen, den linken Handrücken vor der Stirn, die rechte Hand abgespreizt, als halte er sie jemandem zum Kuss, führte er das Schauspiel seiner Selbstverliebtheit bis zum finalen Schlussabgang aus. Womit er die weiblichen Anwesenden amüsierte, seine Mitstreiter aber eher verdross.

Seinen Ärger über Marcin zur Ablenkung von der eigenen Aufregung nutzend, trat Henryk Lewkowicz als Nächster vor Elżbieta. Er blickte Marcin böse an, ließ ihn seine Missbilligung über das affige Gestöhne und die sülzige Visage spüren, wohl wissend, dass Marcin tatsächlich in der Lage war, seine Mimik unabhängig von Gefühlsregungen und auf Kommando zu gestalten. Marcin begriff den Ernst der Lage, richtete sich salutierend zackig und schnell auf, um dann steif in einer Pose zu verharren, die seine Aufmerksamkeit so übertrieben markierte, dass es schon wieder eine Verhöhnung war.

Henryk begann seinen Vortrag, wobei er sich insgeheim vornahm, das zwanghafte Bedürfnis Marcins, im Mittelpunkt stehen zu müssen, in nicht allzu ferner Zukunft und unter Einfluss hochprozentiger Getränke mit ein paar kräftigen Faustschlägen auf seine, zugegebenermaßen hübsche, Nase zu erfüllen.

Im Vergleich zu Marcins Ode waren Henryks Verse lang und kunstvoll aufeinander aufgebaut. Er hatte sich bei Adam Mickiewicz bedient und dessen Gedicht *Niepewność* nur leicht abgewandelt, es auf Elżbieta zugeschnitten und dann noch eine eigene Strophe zugefügt. Selbst Madame Eszter, die ungarische Hauslehrerin, die dem Spektakel als Anstandsdame beiwohnte, blickte bewundernd. Das mochte auch daran liegen, dass Henryk beiden Damen abwechselnd lange Blicke zudachte, die tiefgründig wirken sollten, Elżbieta aber eher an Schmalz auf groben Brotschnitten erinnerten.

Anton Koźny letztendlich hatte sich für ein Sonett über Schönheit und ewige Liebe entschieden. Allerdings konnte er kaum verbergen, dass er die ganze Veranstaltung als sehr peinlich und unter seiner Würde empfand. Stocksteif stand er da und drehte während seines Vortrages, dem er trotz der inhaltlichen Qualität seiner Verse keinerlei Poesie verleihen konnte, unentwegt seinen Hut in den Händen. Elżbieta blinzelte ihm dennoch aufmunternd zu.

Marcin, Henryk und Anton versuchten also, Elżbietas Gunst zu gewinnen, indem sie ihr selbst gedichtete Verse über ihr kupferfarbenes Haar vortrugen, dessen roter Schimmer für die heiratswilligen Burschen ein ganz besonderer Anreiz war. Dass selbst der stolze Anton, der um einiges älter war als die beiden anderen, sich auf einen solchen Wettstreit einließ, adelte Elżbieta, denn hübsche Mädchen gab es in ihren Kreisen zur Genüge, und die meisten waren ebenso schlank wie Elżbieta oder auf eine nicht weniger angenehme Art kurvenreich. Wirklich dick war nur Maria Tomaszewska, für die sich auch keiner außer dem ebenso runden Leopold Kowalski begeistern konnte. Dessen Schwester Anna wiederum war von so magerer Gestalt, dass sie gar keine Verehrer fand und letzten Endes unter der Tracht der Norbertinerinnen im Kloster in *Zwierzyniec* verschwand, wo sie vor lauter Buße noch knochiger wurde.

Gute Kleidung und Hüte, die je nach Mut und Geltungsbedürfnis ausgefallen oder bieder waren, sowie teuren oder zumindest teuer wirkenden Schmuck trugen alle Mädchen. Aber Elżbieta war die Einzige, die neben all diesen verschönernden Dingen noch diese außergewöhnliche Haarfarbe hatte. Und glücklicherweise gingen bei ihr auch nicht, wie sonst so häufig bei Rothaarigen, eine gelbliche Färbung der Zähne, ein fast wimpernloses Augenlid und ein ungesundes Gesichtsrot damit einher. Sie war sich ihres Aussehens bewusst und achtete immer penibel darauf, den Vorzug ihrer Haarfarbe besonders zu betonen. So hätte sie niemals Kleider getragen, in denen Rot- oder Orangetöne enthalten waren. Eher setzte sie auf Blautöne, weil das nicht nur ihre rötlichen Haare und ihre vornehme Blässe so schön hervorhob, sondern zusätzlich das Blau ihrer Augen unterstrich. Am liebsten aber trug sie Grün; ob Pastell-, Moos- oder Lindgrün, sie mochte es, ihre Haarfarbe durch komplementäre Kontraste hervorzuheben. Schwarz hätte sie auch gerne getragen, da sie ein Faible für alles Dramatische hegte und Madame Eszter verehrte, die seit dem Tod ihres Mannes ausschließlich Schwarz trug, obwohl dieses tragische Ereignis – die Dänen hatten ihm bei Königgrätz erst den Verstand und dann den Unterleib weggeschossen – schon zwanzig Jahre zurücklag. Madame Eszter erschien ihr wie eine englische Lady; edel, unnahbar und trotz ihres Alters immer noch schön. Schwarz zu tragen aber untersagte ihr ihre Mutter Małgorzata, trauern werde sie im Leben noch genug, jetzt sei noch nicht der Zeitpunkt, sich wie ein spanisches Klageweib auszustaffieren, es sei denn, sie wolle alle heiratswilligen Verehrer von sich fernhalten. Da das allerdings das Letzte war, was Elżbieta beabsichtigte, hatte sie sich mit ihrer Mutter auf einen feinen grau gestreiften Leinenstoff geeinigt, der so dunkel war, dass man ihn aus der Ferne für schwarz hätte halten können.

Pan Rosenzweig, der Damenschneider, hatte ihr daraus ein nach ihren Wünschen besonders eng tailliertes Kleid mit weiten Röcken und großer Schleife im Rücken angefertigt, so wie sie es im Schaufenster des Modeateliers Hirsch in der *ul. Floriańska* gesehen hatte, und ihr war es gelungen, ihre Mutter zu überreden, ihr zu diesem Kleid den grünen Schmuck, ein Collier aus grünen Glassteinen, eingefasst in rosé patiniertes Sterlingsilber, und die dazugehörigen Ohrringe zu überlassen.

So ausgestattet, die Haare kunstvoll hochgesteckt und von einer Kreation aus grünem Samt gekrönt, auf einem zierlichen Sessel wie die von ihr so verehrte Kaiserin posierend, ließ Elżbieta sich die Verse der drei Kandidaten vortragen. Und wie die Loreley auf ihrem Felsen wusste sie, dass sie alle drei zerschellen und sinken mussten.

Elżbieta zog ihre Selbstbestätigung aus der Bewunderung ihrer Verehrer, und die eines einzelnen reichte ihr nicht. Je mehr Männer ihr zugeneigt waren, desto sicherer fühlte sie sich. Für Elżbieta war es ein Spiel, in dem sie bestimmte, wie sie die Spielsteine positionierte. Sie konnte jedem der jungen Männer das Gefühl geben, für ihn zu schwärmen. Dazu musste sie sich nicht einmal zwingen, denn sie fand tatsächlich in jedem Mann etwas, das sie zum Ansporn nahm, ihn für sich zu gewinnen. Zeigte sich einer von ihr begeistert, verstärkte sich ihre Sympathie für ihn so, dass sie darüber selbst in Begeisterung geriet. Zudem mochte sie es, in Gesellschaft zu sein, am liebsten dann, wenn sich diese um ihre Person scharte.

Elżbieta wusste ihren Spielzwang unter dem Deckmantel einer mit Naivität gepaarten Lebhaftigkeit zu verstecken und beherrschte es, zugleich Distanz durch Worte zu schaffen. So gelang es ihr, den Kreis an Heiratswilligen um sich herum stetig zu vergrößern, sie ließ die Männer wie Bauern im Schachspiel gegeneinander antreten. Sie selbst blieb, gut geschützt durch einige von ihr zum besonderen Status eines Turms, Springers oder Läufers erhobene Auserwählte, am Rande des Geschehens zurück. Für einen König wollte Elżbieta sich nicht entscheiden, da sie die Rolle der Dame und des Königs in Personalunion für sich alleine reserviert hielt.

Boshaftigkeit oder Intriganz konnte man ihr nicht vorwerfen, denn so wenig sich die Männer über ihre Funktion als Spielfigur bewusst waren, so wenig war sie es sich. Sie war nicht die Spinne, die ihre Opfer aussaugte und nur deren leere Hülle hinterließ, und sie war auch nicht die Schlange, die aus ihrer eigenen Haut schlüpfen konnte. Es ging Elżbieta nicht darum, anderen Schaden zuzufügen, auch wollte sie keine Gefühle ausnutzen. Sie konnte sich einfach nicht anders als in der Bewunderung eines Mannes sehen. Sie spürte den Glanz, den sie abgab, wenn sie sich in der Schwärmerei des anderen spiegelte. Aber Elżbieta nahm nicht nur, sie gab gerne auch Aufmerksamkeit zurück, allerdings verteilte sie ihre Komplimente und Schmeicheleien in sparsamer Dosierung. Wobei sie jedoch keineswegs unachtsam war. Sie wusste genau, wann jemand Geburtstag hatte, was er am liebsten aß, worüber er am liebsten philosophierte, welche Augenfarbe er hatte. Elżbieta mochte blaue Augen am liebsten, sich selbst hätte sie grüne gewünscht, passend zum Schmuck, komplementär zur Haarfarbe. Hände, die waren ihr wichtig. Marcin hatte die schönsten, lang und trotzdem kräftig, immer sauber, die Nägel gepflegt. Die von Henryk waren zart und schmal: Weiberhände, von denen sie nicht berührt werden mochte. Antons schwarze Behaarung zog sich bis auf den Handrücken, das war ihr zu männlich, zu abschreckend, zu affenartig.

Beim Verteilen von Komplimenten oder Zugeständnissen legte sie eine Zurückhaltung, eine Verschlossenheit an den Tag, die vielen als Ansporn diente, ihre harte Schale durchbrechen zu wollen. Gier und Wollust waren kein unwichtiges Motiv ihrer Verehrer. Und sie selbst kam beidem nicht unwesentlich entgegen.

Oft gab sie im Gespräch Vertraulichkeiten preis, etwa dass ihr vorstehender Schneidezahn rechts unten ein großer Makel war, dass sie ein hässliches Muttermal am linken Knöchel habe, dass sie abends gerne an den erkalteten Speisen des Nachtmahles nasche. Dadurch gab sie ihren Verehrern das Gefühl von Offenheit und Intimität, von echter Nähe. In Wahrheit aber verriet sie nie etwas von sich, es war ein Teil des Spiels, ein Trick, ein gut durchdachter Zug, der dazu diente, die Sympathie, das Begehren zu verstärken. Ihr wahres Wesen, ihre wahren Gedanken hielt sie verborgen, und war sie wieder alleine, so blieb eine Leere in ihr zurück, die die auf- und gezielt eingesetzten Vertraulichkeiten nicht füllen konnten.

Wie Kinder, die nicht mehr ruhig sitzen bleiben können, sobald sie eine Gruppe lärmender lachender Gleichaltriger sehen, zog es Elżbieta zu Männern. Dabei war es unbedeutend, wem sie sich zuwandte, der Zeitungsjunge auf dem *Rynek Głowny* konnte ihre Aufmerksamkeit ebenso wecken wie die hofierenden Heiratskandidaten oder die Freunde ihres Vaters. Wichtig war nur, dass sie bewundernd angestarrt wurde, mehr nicht.

Die Erinnerung an Komplimente, an Gespräche in den Filialen der *Conditorei Rehmann*, in den Tuchhallen oder in den Parks der *Planty*, in denen ein Bonmot auf das andere folgte, oder an Tanzveranstaltungen, bei denen ihre Karte stets komplett ausgefüllt war, war für sie in den Phasen zwischen den Begegnungen lebensnotwendig.

Ohne das Gefühl, begehrt zu sein, fühlte sie sich farb- und leblos.

Was sie allerdings überhaupt nicht ausstehen konnte, war, bedrängt zu werden. Wenn einer ihrer Verehrer versuchte, ihr körperlich nahe zu rücken, lief sie Gefahr, dass aus dem Spiel Ernst wurde. Dann fühlte sie sich unangenehm berührt, ein Kratzen im Hals, an dem sie schwer zu schlucken hatte, und ein stechendes Gefühl in der Magengegend stellten sich ein. Wollte einer gemeinsame Pläne mit ihr schmieden, dann wand sie sich wie ein Regenwurm, der vom Spaten aus dem Erdreich gerissen und an die freie Luft gezerrt wurde. Auf noch ernsthaftere Anträge oder auf körperliche Annäherungen reagierte sie wie ein Fisch, der umso weiter aus der Hand springt, je fester man ihn zu halten versucht.

Elżbieta konnte Männer verrückt machen und sie dazu bringen, unglaublich erniedrigende Dinge zu tun, ohne dass sie sie ausdrücklich dazu aufgefordert hätte. Sie bekam Briefe, Blumen und kleine Präsente. Zygfrid Kurczok hatte sturzbetrunken unter ihrem Fenster in der Gosse gelegen, unfähig, sich noch aufrecht zu bewegen, aber ihren Namen juchzend, bis ihm die Stimme versagte. Nicht einmal der Inhalt der Nachttöpfe aller Nachbarn hatte ihn davon abhalten können. Tomasz Lewinski, der erstens extrem stank, zweitens weit unter ihrem Stand war und drittens, und das war das schlimmste, seine Fingernägel nicht schnitt, fing sie täglich ab. Er stand vor der Haustüre und versuchte, Elżbieta, sobald sie auf die Straße trat, an die graue Wand ihres Elternhauses zu drängen, ihr wenigstens einen, wirklich nur einen und dann würde er in Frieden sterben können, Kuss abzuzwingen. Seine feuchten Hände, das Zittern seiner Stimme, sein flackernder Blick widerten sie so an, dass sie das Bedürfnis verspürte, ihm seine rosigen Wangen ochsenblutrot zu schlagen und sich danach auf die Platten des Gehweges zu übergeben. Sollte Tomasz innerhalb von drei Tagen nicht für immer von seinem Posten verschwunden sein, so hatte sie damals beschlossen, würde sie ein paar derer, die ihr etwas weniger penetrant nachstellten, auf ihn hetzen.

Manchmal geriet sie regelrecht in Atemnot, wenn sie einer aus flehenden Augen ansah, in denen Schmerz oder, schlimmer noch, hündische Ergebenheit standen. Das ließ sie einen großen Ekel empfinden.

Sie verachtete die Männer ebenso, wie sie auf deren Anbetung angewiesen war. Am stärksten missachtete sie diejenigen, die sich vor ihr auf die Knie warfen, ihre Beine umschlungen hielten und sie heulend anflehten, ihre Liebe zu erwidern. Weinende Männer waren ihr das Unangenehmste und Verabscheuungswürdigste im Leben überhaupt.

Elżbieta mochte bewundert werden, aber von Liebe hielt sie nichts. Sie erschien ihr zu sehr als Schwäche, und menschliche Schwächen waren etwas, das sie auf das Äußerste verachtete. Es war ihr jedoch zu sehr Lebenselixier geworden, dem Spiel zu folgen, als dass irgendetwas sie davon hätte abhalten können. So legten sich mit der Zeit die zahlreichen Verehrer Perlen einer Kette gleich um ihren Hals, deren Gewicht immer stärker auf ihrer Brust lastete.

Ihre Eltern duldeten das Werben der jungen Männer, waren sich aber insgeheim einig, dass für ihre einzige Tochter kein Tunichtgut oder Charmeur in Frage komme. Ein solider und zuverlässiger Mann, der mit beiden Beinen fest im Leben stehe und einiges an Besitz sein Eigen nenne, müsse es schon sein. Und das könne ihr, Pan Koźny ausgenommen, keiner dieses Vereins aus jungen Spunten und lustigen Gesellen bieten. Als Karol Laub, ruhig vom Wesen, stattlich von Statur und vermögend von Haus aus, mit je einem Sträußlein für die Angebetete und deren Mutter und einer Flasche gutem österreichischem Weinbrand für den Herrn des Hauses bei Elżbietas Vater um die Hand seiner Tochter anhielt, war man froh, endlich den Mann gefunden zu haben, dem man das einzige wohlbehütete Kind anvertrauen konnte. Dass Karol um einiges älter war als ihre Tochter, förderte den Zuspruch der Eltern. Man hatte zudem noch nie über Ausschweifungen in seinem Leben gehört, Wirtshäuser schien er ebenso wenig zu besuchen wie die Mädchen der *domy publiczne*.

Dafür, dass Karols Vater Tadeusz Laub, wie viele Zeitgenossen, der Afrikabegeisterung verfallen war, wollte man den Sohn nicht verantwortlich machen. Über Tote redete man nicht schlecht, auch wenn der alte Laub Anlass für einiges Amüsement in der Stadt gegeben hatte. Insgeheim hatte Elżbietas Vater mit seinem Namensvetter sogar immer eine leichte Solidarität empfunden, hatte dieser doch ausgelebt, wovon er selbst nur träumte. Und so bat er den vorstelligen Karol, während er ihm ein Gläschen des Weinbrands reichte, ihm doch die Geschichte mit dem Springbock einmal ganz genau zu erzählen.

Karol nickte, nahm einen Schluck, der ihm warm die Kehle herunterrann, streckte seine Beine von sich und legte kurz den Zeigefinger an seinen Mund, bevor er mit dem Bericht begann: »Ja, die Geschichte mit dem Springbock, ja, ja.« Einmal habe der Professor der Naturkunde, der Tadeusz Laub bei der Bestimmung der Schmetterlinge behilflich gewesen war, kurzfristig eine Unterbringung für einen afrikanischen Springbock gesucht und diese in einem Zwinger auf dem Laub'schen Hof gefunden.

»Tja, nach ein paar Tagen musste der Springbock sich wohl seines Namens erinnert haben.« Karol richtete sich wieder auf. Das Vergnügen, das sich im Gesicht von Tadeusz Mrózek abzeichnete, zeigte, dass dieser den Fortgang der Geschichte bestens kannte, war sie doch damals Stadtgespräch gewesen. Das Tier hatte sich mit einem gewagten Sprung aus seinem Käfig befreit und war in den Wald hinter dem Laub'schen Gut geflohen. Karol hatte sich mit seinem Vater auf die Suche nach dem Bock machen müssen. Er war zum Nachbargut gelaufen, um seinen Freund Anton auf dieses Abenteuer mitzunehmen.

»Anton lag in einer Zinkwanne im Hof. Er wollte sich von der Hitze des Tages abkühlen. Er hat mir nicht geglaubt, als ich von dem entflohenen Springbock erzählte.« Karol lachte. »Er hat gedacht, ich würde ihn reinlegen. Er dachte, ich will mich rächen.« Anton hatte seinem Freund Karol viele, nicht selten gemeine Streiche gespielt.

»Ich konnte ihn nicht von der Wahrheit des Unternehmens überzeugen, im Gegenteil, je mehr ich auf ihn einredete, desto weniger ernst nahm er mich.«

Um Karol zu zeigen, wie albern und lächerlich er diese Geschichte fand, hatte Anton seine Augen geschlossen gehalten, sich die Sonne ins Gesicht scheinen lassen und Karol noch dazu aufgefordert, ihn nicht zu stören, er müsse sich vom gestrigen Abend erholen. Kopfschüttelnd hatte Karol sich vom Koźny'schen Hof entfernt, um die Suche nach dem entsprungenen Tier allein aufzunehmen.

»Aber ich kam nicht weit. Kaum war ich ein paar Schritte in den Wald gegangen, hörte ich Anton schreien wie nie zuvor. Er war voller Panik, ich bekam tatsächlich Angst, so schrill schrie er.«

Hier lachte Tadeusz Mroźek schon laut und führte glucksend Karols Geschichte zu Ende.

»Sie liefen zurück und sahen den fast nackten Anton wassertriefend und schreiend die Treppe hochspringen!«

Karol prostete dem lachenden Tadeusz zu. »Ja, und der Springbock stand genüsslich trinkend an der Zinkwanne!«

Und dann lachten sie, dass ihre Augen tränten.

Nachdem sie sich beruhigt hatten, lenkte Tadeusz das Gespräch mit dem Kandidaten Karol Laub auf die Politik. Sie debattierten über die vom bulgarischen Fürsten Alexander I. gegen den Willen des Zaren wiederhergestellte liberale Verfassung, genossen dazu die ganze Flasche des vorzüglichen Weinbrands, schweiften zum nächsten Thema, der Musik, und als Tadeusz Rührseligkeit über den Tod Wagners zeigte, gewann Karol seine ganze Sympathie, indem er seinen zukünftigen

Schwiegervater darauf hinwies, dass Wagner zum Sterben wenigstens eine so ruhmreiche und märchenhafte Stadt wie Venedig gewählt habe.

Dieses zufriedenstellende Gespräch besiegelte die Entscheidung für Karol Laub, und somit wurde Anton Koźny aus der engeren Auswahl gestrichen. Er besaß zwar auch einen eigenen *dwór*, die Gutshöfe Antons und Karols lagen sogar direkt beieinander, und älter als Elżbieta war er ebenso. Aber die Vernunft schien ihn in jüngster Zeit verlassen zu haben. Sie musste sich verflüchtigt haben wie die Dunstschleier, die nachts auf der Weichsel lagen und im Morgengrauen verschwanden. Dass er sich dazu herabgelassen hatte, an dem albernen Wettstreit teilzunehmen, war ihm zum Verhängnis geworden. In den Augen von Elżbietas Eltern hatte Anton seine Glaubwürdigkeit abgestreift wie ein paar alte Schuhe und sich mit bloßen Füßen der Lächerlichkeit preisgegeben.
    Und hatte nicht Zosia Kowalska, die Mutter vom dicken Leopold und der dürren Anna, erzählt, Anton habe sein Glück auch schon bei Sofia, der Tochter des Stadtrats, versucht? Bisher seien diese Bemühungen aber ohne Erfolg geblieben. Die einzige Tochter als zweite Wahl abzugeben, war man nicht gewillt, man wollte keine Ehe arrangieren, die von vornherein unglücklich werden musste.

ix Arrangement der Vernunft

Den Vormittag über wurde Elżbieta noch unruhiger und nervöser. Katarzyna, die im Studierzimmer saß, konnte das scharrende Geräusch, das die Schritte ihrer Mutter auf den Dielen über ihr erzeugten, hören und sich kaum auf Stanleys Text über die Befreiung von Emin Pascha konzentrieren.

Ihr war die Verhaltensweise ihrer Mutter unerklärlich, normalerweise war Elżbieta nicht ruhelos, im Gegenteil, ihre Hauptbeschäftigung war es, unbeweglich und stumm herumzusitzen. Nun legte sie eine ungekannte Gereiztheit an den Tag, die mit der Suppenschweinerei während des Essens am Tag zuvor begonnen hatte. Seitdem schritt sie ununterbrochen in ihrem Zimmer auf und ab.

Jetzt war es Mittag, und plötzlich unterbrach sie ihre unstete Wanderung, kam aus ihrem Zimmer auf den Flur getreten, ging die Treppe hinunter, hastig, betrat den Salon und rief dort ihre Töchter sowie Agnieszka zu sich.

»Heute soll es beschlossen werden«, sagte sie zu ihnen, ihre Augen glänzten fiebrig und die sonst so aschfahle Haut ihrer Wangen war von roten Flecken marmoriert. Vor Anspannung hatte sie die Zähne so fest zusammengebissen, dass ihr der ganze Kiefer und das Zahnfleisch schmerzten.

»Du hast Recht, Elisa. Es ist wirklich höchste Zeit, über die Idee mit der Hochzeit zu sprechen.« Aufgeregt lief Elżbieta durch den Raum, ruderte mit den Armen und sprach unzusammenhängend von dem Plan, mit dessen Durchführung nun begonnen werden müsse. Davon, dass man schon viel zu lange gewartet habe, und wie unsinnig dies gewesen sei.

»Aber«, sagte sie, den Zeigefinger auf Elisa gerichtet, »es ist ja nie zu spät.«

Und dann, weiterwandernd und mehr zu sich selbst: »Nein, es ist noch nicht zu spät.«

Sie werde heute mit Anton und Sofia reden, sagte sie, gemeinsam werde man alles Notwendige beschließen und organisieren. Um die Aussteuer brauche man sich nicht zu sorgen, sie habe da noch einiges an Wäsche und Kleidung, man müsse nur die alten Initialen entfernen und neue aufsticken. Das sei eine gute Vorbereitung auf die Geduld, die man im Leben als Eheweib und Mutter benötigte.

Gut, dachte Katarzyna, dass Elisa nur den zweiten Buchstaben ändern muss, da hat sie nicht so viel Arbeit.

»Und es ist gut so«, sagte Elżbieta und musterte ihre Töchter, die, unterschiedlich, wie sie waren, nicht bemerkten, dass sie dieselbe Haltung auf dem Polstersofa eingenommen hatten. Beide saßen aufrecht, die Hände im Schoß gefaltet und sahen ihre zum Leben erwachte Mutter mit offenen Gesichtern an.

Katarzyna war erschrocken über den direkten Blick, mit dem ihre Mutter sie und Elisa abwechselnd betrachtete. Ich kann mich nicht erinnern, dachte sie, dass sie uns oder zumindest mich seit dem Vorfall mit dem Kopfkissen noch einmal so genau angesehen hat.

Diese Erkenntnis rief eine Traurigkeit in Katarzyna hervor, der sie sich aber nur für einen Augenblick hingab, denn zum einen hatte sie ja immer schon gewusst, dass ihre Mutter sich nicht sonderlich für ihre Töchter interessierte, und zum anderen war das aktuelle Geschehen zu spannend in seiner Einzigartigkeit, als dass sie sich eine noch so kleine Unaufmerksamkeit hätte verzeihen können.

Und außerdem, dachte Katarzyna, was schaut die mich denn an? Ich kann schließlich auch nichts dafür, dass Elisa diesen Blender heiraten will.

»Geh, geh hoch und hole das Kleid«, rief Elżbieta nun hektisch Agnieszka zu, die neben der Ottomane stand. Das Hausmädchen blickte sie verständnislos an, sie wusste nicht, was Elżbieta meinte. Katarzyna aber war sich sicher, dass ihre Mutter nur das Graugestreifte meinen konnte, und tatsächlich rief Elżbieta der verwirrten Agnieszka dann auch zu, dass sie das Kleid von Rosenzweig meine. Ihre Hände flatterten hektisch umher. »Das von Rosenzweig, du weißt schon, das Graugestreifte.« Und Agnieszka schien zu begreifen, denn obwohl sie ihre Herrin nicht weniger verständnislos ansah als zuvor, setzte sie sich dennoch in Bewegung und verschwand, um die Treppe hinaufzugehen, einen Schritt in die oberen Räume und die dort gelagerten Spuren der Vergangenheit zu tun. Während sie fort war, verschwunden zu staubbedecktem Flimmer und Glanz eines vergangenen Lebens von Elżbieta, setzte diese ihre unruhige Wanderung, die sie kurz abgebrochen hatte, im Salon fort. Unentwegt lief sie zwischen der Wand, an der der Drozdowski und die Vitrine standen, und der großen Flügeltür am entgegengesetzten Ende des Raumes hin und her, wobei sie mit der Hüfte jedes Mal den großen Tisch streifte, ihm bei der nächsten Begegnung aber dennoch nicht auswich. Die Unruhe, die Elżbieta verbreitete, war in gleichem Maße anstrengend wie ungewöhnlich. Während sie ihre Mutter beobachtete, verstand Katarzyna, was mit dem Ausdruck *Es war, als brenne die Luft* gemeint war.

Elżbieta riss der von Staub und Spinnweben zurückgekehrten Agnieszka das Kleid aus den Fingern und befahl, ihr ins Schlafgemach zu folgen, um ihr beim Ankleiden behilflich zu sein, während sie Elisa beauftragte, aus deren Zimmer eins der Duftwässerchen zu holen.

Es schien sie nicht nur ein Anflug von Nostalgie gepackt zu haben, denn sie trat kurze Zeit später umgekleidet aus dem Zimmer und behielt das Kleid tatsächlich an. War Elżbietas Körper früher angenehm schlank gewesen, so war er jetzt schlaff und mager, was von der blutleeren Trockenheit ihrer Haut noch hervorgehoben wurde. Das grau gestreifte Kleid des Damenschneiders Rosenzweig, das sie vor über zwanzig Jahren hatte schneidern lassen, hing, besonders an der Brust und um die Hüften, unausgefüllt herab. Es betonte geradezu unangenehm, was mit Elżbieta in diesen Jahren geschehen war, es legte ihre Selbstvernachlässigung offen, es kreidete ihre Depressionen an, es schrie grell und laut, dass es die schöne Elżbieta nicht mehr gäbe.

Elżbieta hatte versucht, ihrem Gesicht durch das Auflegen von Rouge etwas Frische zu verleihen, das Resultat erinnerte Katarzyna jedoch eher an die rot bemalten Wangen eines Pierrots. Sie wagte nicht, die Mutter darauf hinzuweisen. Elżbieta schüttete sich Elisas Parfüm lieblos hinter die Ohren, als handele es sich um ein Läusemittel. Fast hätte sie Agnieszka noch einmal losgeschickt, das Collier zu holen, doch dann wurde auch ihr bewusst, dass sie weder die Elżbieta von vor zwanzig Jahren war, noch dass ein feierlicher Anlass bestand.

Trotzdem öffnete sie, nachdem sie sich einmal kurz im Spiegel betrachtet und auf ihren Anblick hin selbst den Kopf geschüttelt hatte, doch tatsächlich die Haustür, trat aus dieser hinaus und schritt wahrhaftig die bröckelige Freitreppe hinunter. Ihre Töchter konnten sich nicht entsinnen, dass ihre Mutter zuvor jemals so etwas getan hatte. Elisa und Katarzyna standen an der geöffneten Tür und sahen ungläubig zu, wie die grau gestreifte Mutter den Weg zwischen den Kiefern einschlug. Als ihre Gestalt verschwunden und nicht mal mehr der Rocksaum zu sehen war, heulte Elisa laut auf.

Denn sie begriff, dass Sinn und Zweck dieses außergewöhnlichen Handelns der Beschluss ihrer Hochzeit war und dass all ihre Träume endlich in Erfüllung gehen würden. Elisa wäre nicht sie selbst gewesen, hätte sie sich nicht sogleich vorgestellt, wie sie ihre putzigen flachsblonden Kinder kleiden würde, wenn sie erst einmal geboren wären. Und der Gedanke an die kleinen, speckarmigen, stampfbeinigen Jungs in Hosenträgern und Kappen hatte die Tränen zum Ausbruch gebracht. Endlich stand ein Wandel ins Haus. Nicht fassbar, wie Wasser zwischen den Fingern, aber immerhin die Ahnung von etwas großem Neuen.

Katarzyna hingegen war erleichtert, dass ihre Mutter zur Besinnung gekommen war, denn auch wenn sie nichts von Liebe hielt, so hatte sie doch verstanden, dass die Ehe mit dem farblosen Jarek das Beste für Elisa war. Sie war froh, dass sie nun endlich wieder ungestört lesen konnte. Wahrscheinlich hatte ihre Mutter die Dinge in den unbewohnten Zimmern nur gehortet, weil sie ihrer Tochter trotz der Armut eine gute Aussteuer bieten wollte. Wenn das so war, konnte Katarzyna es verkraften, weiterhin *kasza* und wässrige Suppen zu essen.

Die beiden Schwestern gingen ins Haus zurück, und dieser kurze Gang von der Treppe ins Haus hinein offenbarte auf einfache Weise die Ungleichheit der jungen Frauen. An Katarzyna erschien alles kantig und grob, wenn man von ihrer Seele absah, die von einer Feinheit war und nicht zu ihrem ungeschlachten Körper passen wollte. Ihr Gang ähnelte mehr einem Trampeln, federnd schon, deshalb aber lange nicht wiegend. Ihre kräftigen kurzen Arme, an deren Haaren sie so gerne zupfte, hatte sie in der Eile, die sie zurück zu ihren Studien trieb, an ihren Körper gepresst. Elisa hingegen ging schwingend, fast hüpfend, die Arme schlenkernd neben ihrem schmalen Körper. So war es auch schon gewesen, als sie noch Kinder waren. Zwar waren sie immer händchenhaltend gelaufen, doch vollkommen unterschiedlich in der Gangart. Elisas Füße waren nach innen gedreht, die dürren Beine schlackerig, Katarzynas kurze pummelige Beinchen daneben stampfend.

Agnieszka aber war an der Schwelle stehen geblieben, voller Sorge auf ihre Herrin wartend.

Elżbieta kam nachmittags zurück, erschöpft und müde, als habe das Ausbrechen aus ihrem gewöhnlichen Verhalten ihr alle Kraft geraubt. Ermattet ließ sie sich auf die Ottomane fallen.

Sie teilte den Mädchen – ja auch Katarzyna hatte ihre Neugierde nicht im Zaum halten können, als sie die Schritte der Mutter auf der Freitreppe gehört hatte – mit, dass alles über die Heirat zwischen dem Hause Laub und dem der Koźnys besprochen und geregelt sei. Dabei öffnete sie die Kragen- und Ärmelknöpfe des Kleides und ließ sich von Agnieszka kaltes Wasser reichen. Es habe überhaupt keine Probleme gegeben, fuhr sie müde fort.

»Wann?«, fragte Elisa. »Wann, Mutter?« Ihre Augen waren gerötet, hatte sie doch während der Abwesenheit der Mutter vor Glück geweint, die Stimme heiser und ungläubig.

»Im September«, war die Antwort der Mutter, die getrunken und sich erhoben hatte. Nicht mal mehr drei ganze Monate, dachte Elisa, Monate des Wartens, Monate der Vorbereitung. Als sie schon auf den Stufen der Treppe zu den oberen Räumen stand, drehte Elżbieta sich noch einmal um. »Der Klavierstimmer war bei den Koźnys, er hat den Bösendorfer gestimmt. Ist das nicht seltsam? Er hätte es doch gestern tun können, nachdem er bei uns war. Den weiten Weg zweimal zu gehen bei der Hitze, das kann doch nicht gesund sein für einen so alten Mann!«

Und als ob es nicht spektakulär genug gewesen wäre, dass Elżbieta das Haus verlassen hatte, um die Nachbarn zu besuchen, und dabei auch noch so wach gewesen war, dass sie die Anwesenheit des Klavierstimmers nicht nur wahrgenommen, sondern auch seinen schlechten Zustand bemerkt hatte, stand am nächsten Tag die Familie Kowalski vor der Tür des Laub'schen Hauses. Es war das erste Mal, dass die Schwestern erleben konnten, wie jemand anders als der Klavierstimmer Katzenstein oder der Lehrer Horowitz das Haus betrat.

Pan Kazimierz kam regelmäßig; und der Hauslehrer Horowitz, den Elżbieta auf Katarzynas Drängen eingestellt hatte, als die Mädchen jünger gewesen waren, war wieder entlassen worden, nachdem er ihnen das Nötigste beigebracht und sich über die läppische und dazu noch unregelmäßige Bezahlung beschwert hatte. Katarzyna hatte es als Grundlage gereicht, sich das, was sie wirklich wissen wollte, selbst anzueignen. Und Elisa hatte es gereicht, weil sie nicht mehr hatte wissen wollen.

Auf Besuch generell nicht, aber weniger noch auf den von solch gefräßigen wie fettleibigen Zeitgenossen eingestellt, sah Elżbieta sich mit Problemen ganz neuer Art konfrontiert. Die Ereignisse der letzten zwei Tage, ihr eigenes Erwachen, ihr Schritt aus der Passivität waren Aufregung genug gewesen. Nach dem gestrigen Tag und ihrer Aufwartung bei den Koźnys hatte sie mehr denn je das Bedürfnis nach Ruhe und Einsamkeit. Es schien, als sei die Organisation der Verheiratung ihrer Tochter mit dem ältesten Sohn von Anton und Sofia der letzte große Kraftakt in Elżbietas Leben, zu dem sie fähig war. Als zucke sie ein letztes Mal auf, bevor sie sich ganz in den Zustand der Apathie vergraben konnte. Nun sah sie sich abermals zum Handeln gezwungen, denn schließlich konnte sie den ebenso unerwarteten wie ungebetenen Besuch nicht gleich wieder fortschicken. So bat sie das übergewichtige Trio in den Salon, aus dem sie Agnieszka zuvor noch die Katzen verscheuchen ließ. Tischdecken wurden hervorgeholt und gewechselt, Wasser aufgesetzt, Eingemachtes in die guten, wenn auch angeschlagenen Schüsseln gefüllt, Tee gekocht und die Zuckerdose, die schon lange leer und ungenutzt in der Vitrine gestanden hatte, hervorgeholt und entstaubt. Elisa wurde zum Nachbarhaus geschickt, von dort Zucker, Kuchen und kleine Leckereien zu holen, denn Sofia hatte solche Speisen immer vorrätig, und jetzt, wo die beiden Häuser fast miteinander verbandelt seien, könne sie ihnen diese Hilfe bestimmt nicht versagen.

Währenddessen saßen die drei massigen Gestalten auf dem Polstermöbel, das sich in der Mitte bedenklich dem Boden näherte, und verfolgten jeden Handgriff der Gastgeberin und ihres Hausmädchens mit skeptischen Blicken, die Männer wortlos, Maria unentwegt schwatzend. Im Takt ihrer Worte wippte die Warze auf ihrem Kinn, deren daraus wachsendes schwarzes Haar ihr Gatte vor jedem sonntäglichen Kirchgang stutzen musste.

Zwischen den Tannen war es kühler, und das Licht flimmerte vor Elisa auf dem Weg. Sie lief schnell, denn sie konnte kaum erwarten, Jarek das erste Mal als offizielle Zukünftige gegenüberzustehen. Er würde ihr bestimmt helfen, den Kuchen hinüberzutragen. Vielleicht würde er ihnen auch Gesellschaft leisten, dann wäre die Anwesenheit von Roman nicht so unangenehm, sie könnten sich unter dem Tisch anstoßen und sich über das Schweinsgesicht amüsieren. Jetzt konnte sie Jarek getrost mit zu sich nehmen. Aber würde er nicht abgeschreckt sein, wenn er die abgewetzten Möbel und das altmodische Interieur sah? Wenn er den Gestank der Katzenpisse roch? Er hatte immer gewusst, dass Elisa, im Gegensatz zu ihm, in erbärmlichen Verhältnissen aufwachsen musste, da würde er den Anblick und die Gegenwärtigkeit der Armut verkraften können. Und ihre Mutter könnte sich schon einmal daran gewöhnen, wie es war, wenn er zu Besuch kam. Vorbei die Zeit der heimlichen Treffen im Wald, am Fluss oder an den Obstwiesen. Elisa war schon bei Jarek zu Hause gewesen. Wenn Anton und Sofia mit ihren jüngeren Kindern in die Stadt gefahren waren, hatte Jarek Elisa mitgenommen. Er hatte gleich mit ihr auf sein Zimmer gehen wollen, aber Elisa war von den Möbeln des Saales immer so beeindruckt, dass sie ihren Blick nicht lösen konnte. Da gab es Gläser mit feinziselierten Weinreben, einen Zigarrenschrank, einen Sekretär mit Perlmuttknäufen, Brokatvorhänge, die von Kordeln mit goldenen Quasten zusammengehalten wurden, eine Galerie mit gestreng blickenden Ahnenbildern, auf denen alle Männer ebenso steif, schnauzbärtig und bedrohlich aussahen wie Jareks Vater Anton und alle Frauen ebenso schmallippig, devot und vollbusig wie seine Mutter Sofia.

Antons Mutter hatte ihre Unterwürfigkeit abgelegt, sobald ihr Gatte verstorben war. Seitdem schien sie großen Gefallen daran zu finden, ihre Schwiegertochter zu tyrannisieren. Die Großmutter bewohnte ein kleines Zimmer im Obergeschoss des Hauses, von wo sie stündlich nach Sofia schrie und diese zur Erfüllung verschiedenster Bedürfnisse anhielt und mit Schimpftiraden überhäufte. Abends beschwerte sie sich während des Essens lautstark und weinerlich mit vor Entrüstung bebendem Busen bei ihrem Sohn über die Missachtung und Misshandlung durch die Schwiegertochter. Sofia denke sich immer Neues aus, um ihr das Leben schwerzumachen. Sie koche den Tee entweder zu heiß, so dass sie sich die empfindlichen Lippen verbrenne, oder sie serviere ihn so kalt, dass er bitter und abscheulich schmecke. Sie zerkleinere das Essen nicht ordentlich. Sie helfe ihr nicht schnell genug zur Verrichtung der Notdurft, sie wasche sie unsanft, sie lüfte im Winter zu oft und im Sommer zu selten. Während dieser Anschuldigungen saß Sofia mit gesenktem Kopf zu Tisch und vergaß aber nicht, ihre Schwiegermutter jeden Abend um Vergebung zu bitten, die diese widerstrebend, aber voller Genugtuung erteilte.

Unter den Ahnenbildern hingen Familienphotographien, auf denen der Koźny'sche Nachwuchs der Größe nach im Halbkreis um die Eltern arrangiert war. Und dann gab es natürlich den wunderschönen seidenglänzenden Bösendorfer. Meist gelang es Elisa, Jarek zu überreden, mit ihr eine Partitur zu spielen, nachdem sie ein Glas Wasser mit Holundersirup getrunken hatten und bevor sie wieder gehen musste.

Jetzt kam sie in den Hof, sie lief über das heiße Pflaster, rannte die Freitreppe hinauf. Die Tür stand offen, Elisa betrat rufend den *dwór*, dessen Kühle sie angenehm empfing. Zu ihrer Enttäuschung kamen Sofia und ein Mädchen in adretter Schürze aus der Stube, aber kein Jarek. Sofia starrte Elisa erschrocken an. Sie muss denken, es sei etwas passiert, so abgehetzt, wie ich aussehe, dachte Elisa. Um sie zu beruhigen, trug sie Sofia ihr Anliegen sogleich vor und fiel ihr dann um den Hals, denn sie glaubte, ihrer zukünftigen Schwiegermutter ihre Freude über das bevorstehende Ereignis mitteilen zu müssen. Sofia aber befreite sich hölzern aus der ungestümen schweißnassen Umarmung.

Natürlich könne sie ihr aushelfen, sie habe noch einen Apfelkuchen, den sie gerne abgebe. Vielleicht noch etwas süße Sahne dazu? Und Zucker? Und so wurde das Hausmädchen losgeschickt, die Speisen zu holen.

Schweigend und skeptisch betrachtete Sofia die Nachbarstochter, deren Augen unablässig zur Treppe schielten. Um lästigen Fragereien zuvorzukommen, teilte sie ihr trockenen Tones mit, Jarek sei nicht da, er würde auch heute nicht mehr heimkehren. Seltsam, dachte Elisa, er hat mir gar nicht gesagt, dass er dieser Tage noch in die Stadt wollte. Aber dann fiel es ihr ein, ja, es war doch zu eindeutig: Das geheimnisvolle Gerede von Sofia und Jareks Abwesenheit, das konnte nur eins bedeuten. Jarek musste mit seinem Vater nach Krakau gefahren sein, um mit dem Priester zu sprechen und die Ringe zu kaufen. Elisa umarmte Sofia noch einmal und zwinkerte ihr zu.

Der Hausherrin aber wurde es zu bunt, die Nachbarstochter war wohl ebenso gestört wie ihre Eltern, und vom Überschwang Elisas abgeschreckt, wandte Sofia Koźny sich peinlich berührt ab und war das erste Mal im Leben froh über den Ruf der Schwiegermutter von oben, dem sie kopfschüttelnd und eilig folgte. Elisa ließ sie einfach im Vorraum stehen.

Als Elisa schwitzend zurückkehrte, redete Maria Kowalska immer noch ununterbrochen, während Leopold nickend und schweigend neben ihr saß und der dicke Roman nur Augen für den Kuchen hatte, die Mädchen hingegen keines Blickes würdigte.

Man habe gehört, es werde eine Hochzeit zwischen dem Hause Laub und dem der Familie Koźny geben, sagte Maria Kowalska. Katarzyna fragte sich, wieso die das so schnell wissen konnte, und Elisa, die gerade den Apfelkuchen und die Sahne auf der Kredenz absetzte und den Zucker in die Schale füllte, strahlte ihre Mutter dankbar an. Elżbieta stimmte Maria zu, sagte aber sonst nichts und nahm von Elisa die Zuckerschale entgegen. Agnieszka hatte den Kuchen in Stücke geteilt, die Sahne in eine andere Schale gefüllt und trug beides auf. Da habe man gedacht, fuhr Maria essend fort, es gäbe doch die Möglichkeit, wenn schon der Segen ins Haus stünde, dann gleich richtig, und bitte schön, der eigene Sohn sei auch noch zu haben. Hier bedachte sie Roman mit einem zärtlichen Blick, in den sie ihren ganzen Stolz legte, und wischte ihm mit einem Taschentuch die Schweißperlen von der Stirn, ohne auch nur einen Moment ihr Kauen zu unterbrechen.

Katarzyna konnte sich das Lachen kaum verkneifen, die konnten doch nicht im Ernst glauben, dass sie heiraten wolle und dann auch noch dieses Mastschwein!

Kräftig und stattlich sei er, fuhr die Kowalska ungeachtet des betretenen Schweigens nun fort, und damit keine schlechte Partie.

Katarzyna beobachtete die gierigen Blicke, mit denen die drei Kowalskis die Sahneschale anstarrten. Roman bat Elisa, ihm von der Sahne zu reichen, da er aber mit vollem Mund gesprochen hatte, verstand sie ihn nicht und fragte nach.

»Weil sie mich nicht ansieht, wenn ich mit ihr rede!«, ereiferte sich Roman zu seinen Eltern, ohne jedoch Elisa selbst einen Blick zu gönnen. Aus Höflichkeit wagte keine der drei Laub'schen Frauen darauf etwas zu erwidern, nicht einmal Katarzyna. Alle schwiegen, während Elisa auf einen Wink von Romans Mutter, die ihn verstanden hatte, entweder, weil sein Mund immer voll war, wenn er sprach, oder weil sie auch so wusste, was ihr Sohn wollte, Sahne auf den Teller des vorstelligen Verehrers löffelte.

»Kochen können die Mädchen doch?«, unterbrach Maria Kowalska das angespannte Schweigen, während Roman Sahneschüssel und Löffel ergriff, um sich selbst weitere Unmengen auf seinen Teller zu schaufeln.

Ach ja, und wegen der Mitgift, hier ließ Maria Kowalska den Blick langsam und angeekelt durch den Raum schweifen und rümpfte die Nase, solle man sich keine Sorgen machen. Man habe durchaus Verständnis für Elżbietas missliche Lage seit dem Auszug ihres Mannes, man wäre ganz bescheiden, und das eigene Haus sei zudem groß genug, um ein junges Brautpaar und deren hoffentlich bald folgende Kinderchen unterzubringen.

Die Bemerkung über den Auszug ihres Vaters ließ Katarzyna aufhorchen. Sie hatte also recht gehabt mit ihrer Vermutung. An den Tuscheleien über einen überstürzten Auszug ihres Vaters war etwas dran.

Der dicke Roman hielt währenddessen in beiden Händen Tortenstücke, die er sich abwechselnd in den fettverschmierten Mund stopfte, wobei ihm Sahne das Kinn hinunterlief und Stirn und Nacken vor Schweiß trieften. Bei diesem Anblick musste Elżbieta von einer kurzzeitigen Liebe zu ihrer Tochter überkommen worden sein, denn sie lehnte das Angebot dankend, aber aufrecht ab, ihre zweite Tochter werde die Lehrerinnenlaufbahn einschlagen.

»Lehrerin? Das kann man sich ja kaum vorstellen!«, keifte die dicke Maria, wobei sie Elżbieta fixierte. »Geistig soll die doch nicht die hellste sein!«

Um eine Zustimmung ihres schweigend essenden Mannes zu bekommen, haute sie Leopold Kowalski mit einem Patschen auf den kahlen Schädel, worauf dieser irritiert aufblickte, dem fordernden Blick seiner Gattin unwissend begegnete, ihn glücklicherweise richtig deutete und Maria mit einem zustimmenden Brummen zufriedenstellte, sich dann aber wieder konzentriert dem Kuchen widmete.

Na warte, du fette Schachtel, dachte Katarzyna, heller als dein schmatzendes Ferkel ist hier noch jeder im Raum!

Auch wenn Katarzyna dies nur gedacht hatte, so war Maria Kowalska doch beleidigt. Sie streckte ihre knubbelige Nase, kaum herausragend im nicht weniger unförmigen Gesicht, in die Höhe und rümpfte sie abermals, während die schmalen Lippen – das Einzige, was an der Gestalt der Kowalska nicht üppig ausgefallen war – zum finalen Fechthieb ansetzten. Sie frage sich, woher Elżbieta Laub, in Anbetracht ihrer Lebensumstände, den Hochmut nehme, ein so großzügiges Angebot abzulehnen. Diese Arroganz sei noch weniger auszuhalten als der widerliche Gestank nach Katzenpisse, von Hauspflege habe sie wohl ebenso wenig Ahnung wie von gutem Benehmen! Sprachs, nickte Mann und Sohn zu, dass es an der Zeit sei zu gehen, was diese gar nicht wahrnahmen, da sie weiter Kuchen und Sahne schaufelten, der Vater langsam und bedächtig, der Sohn schmatzend und schnaufend. Also schlug die dicke Maria Kowalska beiden in gewohnter Manier kräftig auf die glänzenden Schädel, verkündete laut, Zeit im Laub'schen Haus sei verschenkte Zeit, und zog ab wie schon bei ihrem Mitleidsbesuch nach Karols Auszug zwanzig Jahre zuvor, nur dass es diesmal ihr Sohn war, der sich die feisten Backen im Gehen noch vollstopfte, und nicht sie selbst.

x Wiener Kaffeehauskultur

Der *Socjaldemokrat* mochte Karol heute nicht fesseln. Er hatte das Gedicht *general-schtrajk* schon mehrere Male zu lesen begonnen. Von Kazimierz wusste er, dass Abraham Rajzen es endlich gelungen war, den Tischler Mordechai Gebirtig zum Schreiben zu überreden. *General-schtrajk* war nun Gebirtigs Debüt, aber Karols Gedanken glitten während des Lesens immer wieder ab, wie Traumbilder im leichten Halbschlaf hatten sie sich zwischen ihn und die Buchstaben geschoben. Karol verspürte Ärger, es war ihm unlieb, sich selbst nicht unter Kontrolle zu haben. Gereizt war er und dann auch wütend. Hat denn ein Mann nicht auch mal das Recht, Wut im Bauch zu haben? Wut, die gerechtfertigt ist, wenn ich nur daran denke, was mein Freund mir erzählt hat!, dachte er, klappte die Zeitung zu und knallte das Papier so verächtlich auf den Tisch, dass die Bedienung ihn verunsichert anblickte.

Karol Laub war Stammgast im *Jama Michalika*, seit der Eröffnung vor zehn Jahren kam er täglich zur selben Zeit in das Kaffeehaus, um dort immer am selben Tisch, gleich an der Glasfront, zu sitzen, Kaffee mit einem Schuss Likör zu trinken und die *Czas*, die *Głos Narodu* oder den *Socjaldemokrat* zu lesen. Das Rascheln des

Papiers zwischen seinen Fingern ließ ein Feuerwerk an Vorfreude in ihm brennen, während der Kaffeeduft ihn wohlig warm einhüllte. Beides zusammen war ihm die perfekte Kombination, um sich aus der Welt zu stehlen und eine eigene, kleine zu betreten, die ihm Entspannung und Ruhe gab. Man brachte ihm den Kaffee, er musste ihn nicht einmal bestellen, und die Zeitungen, er war höflich und ruhig. Man hatte ihn nie ausfallend werden sehen. Und man hatte ihn nie auch nur ein Wort sprechen hören.

Umso mehr fiel sein Ausbruch auf, auch wenn er im Vergleich zum Verhalten der anderen Gäste noch harmlos war. Der junge Kellner sah irritiert herüber. Karol beruhigte sich wieder, nahm seine Tasse mit dem letzten Rest lauwarmen Kaffees in die Hand und starrte zum Fenster hinaus auf die *ul. Floriańska*. Der Kellner entspannte sich und glaubte, sich getäuscht zu haben, Pan Laub hatte wohl nur eine lästige Fliege erschlagen. Mit diesem Gedanken setzte er die Reinigung seiner Fingernägel mit den Zinken einer Kuchengabel fort.

Am Nachbartisch stritten drei Männer, die alle um die dreißig sein mochten, über den Vorzug, den Galizien im Vergleich zu den deutschen und russischen Teilungsgebieten habe. Als Jan Apolinary Michalik seine *Conditorei Lemberg* eröffnet hatte, hatte er nicht damit gerechnet, dass anstelle der ehrbaren Bürgerfamilien die Studenten der nahe gelegenen *Akademie der Schönen Künste* seine Gäste sein würden. Diese aber waren von der Eröffnung an in Scharen über das Mobiliar und die

Tortenspezialitäten hergefallen und hatten die ebenfalls kuchenspeisenden, gutbürgerlichen Gäste vertrieben. Sogar das Separee im Hinterraum nutzten sie als Trinkstube, das Künstlerpack hatte sich lärmend mit Absinth und anderem Hochprozentigem narkotisiert, Anstößiges geredet, die Konditorei in *Jama Michalika* – die Hölle Michaliks – umbenannt und komplett in Beschlag genommen. Zum Ärger von Jan Michalik hatten die Krakauer Bürger diesen Namen schnell übernommen, so dass er sich schließlich gezwungen sah, das Schild auszutauschen. Obwohl er von Kunst nicht viel hielt, war er irgendwann dazu übergegangen, sich von den unerwünschten, zudem meist mittellosen Gästen die offenen Rechnungen in natura, mit Bildern, Grafiken und Karikaturen oder an die Wände des Cafés gemalten Fresken bezahlen zu lassen. So war aus der ursprünglich für vornehme und betuchte Kundschaft eröffneten Konditorei ein Treffpunkt der Studenten und der Künstlerwelt Krakaus geworden.

Karol war trotzdem weiterhin in das Kaffeehaus gekommen, es reizte ihn nicht, in die ruhigere *Conditorei Drobner* an der Ecke des *pl. Szczepański* auszuweichen. Er mochte es, still inmitten der lauten Diskussionen und Streitereien zu sitzen, wenn er auch deren Inhalt oft nicht zustimmen konnte. Seltsamerweise konnte er, der sonst die absolute Ruhe und Ordnung liebte, die Zeitung so entspannter lesen, als wenn es leise gewesen wäre. Bevor das Geschehen ganz ausartete, weil der Pegel des Alkohols erheblich gestiegen war, ging er wieder, so dass er nur den Beginn, die Anfangswehen der täglichen Exzesse der Boheme miterlebte. Außerdem war es ihm recht, dass er im *Jama Michalika* keine Konfrontationen mit Bekannten seines alten Lebens als Gutsherr fürchten musste, denn diese trafen sich eher in den feinen Konditoreien. Er blieb diesem Kaffeehaus treu, besuchte nicht die anderen Künstlercafés, wie das *Pod Pawiem*, das sich gleich hinter dem *Jama Michalika* gegenüber des Stadttheaters befand. Der Klavierstimmer hatte ihm einmal erzählt, dass die beiden Stanisławs, der Schriftsteller Przybyszewski und der Maler Wyspiański, dem Café diesen Namen, *Unterm Pfau*, gegeben hatten, als sie dort noch Stammgäste gewesen waren. Seitdem kam Karol immer ein aufgeplusterter Vogel in den Sinn, wenn er an einen der beiden dachte, ein Bild, das ihm nur schlüssig erschien, wenn er ihr Verhalten beurteilte. Woher Kazimierz seine Informationen über die Künstler und Dichter der Stadt hatte, wusste Karol nicht, aber der Klavierstimmer hatte ihm auch erzählt, dass sich beide aus Ärger über die umherziehende Boheme aus dem *Pod Pawiem* zurückgezogen hatten.

Karol mied auch andere Cafés, er ging nicht in die *Kawiarnia Rosenstock*, deren Lage der *Akademie der Schönen Künste* noch näher war, wo der Alkohol 24 Stunden lang in Strömen floss und man vor Rauch kaum sehen konnte. Er wollte kein Gast der *Kawiarnia Schmidt* sein, auch wenn sich dort die angesehenen Künstler und Literaten trafen, ihm war es zu dreckig und überfüllt. Und nur mit seinen Töchtern ging er ins schöne Jugendstilcafé *Secesjana*, wo es Musik gab, außer ihm aber nur Frauen anwesend waren. Er blieb also Stammgast im *Jama Michalika*, wenn ihn auch der moralische Nihilismus und die Oberflächlichkeit einiger Gäste nervte. Die drei am Nebentisch erschienen ihm wie alberne Kindsköpfe, versuchte einer doch gerade, die anderen beiden davon zu überzeugen, dass, Patriotismus eines befreiten Polen hin oder her, die Österreicher immer noch das beste Los seien, das man hatte erwischen können, und dass es ohne sie mit der Kaffeehauskultur in Krakau lange nicht so weit gekommen wäre.

Wie kann man die Kaffeehäuser der Autonomie unseres Landes gleichstellen?, fragte sich Karol. War er denn schon so alt geworden, dass ihm hitzige Debatten, wie jetzt eine am Nebentisch stattfand, nicht nur albern und unnütz erschienen, sondern geradezu langweilig?

Ein gescheiterter Typ, dessen slawische Züge negroid wirkten, sprach Karols vorherigen Gedanken laut aus und bekräftigte seine Worte mit dem Zusatz, dass Polen nach fast 150 Jahren Fremdherrschaft endlich wieder frei seinen Stolz entfalten dürfen müsse. Der dritte, ein rotköpfiger Choleriker, der sicherlich einmal an einem Herzinfarkt sterben würde, schrie, dass zwar alle Russen kaltblütige Schweine und die Deutschen grobe Dummköpfe seien, aber eine Herrschaft über ein so kulturell und intellektuell starkes Land wie Polen nicht einmal zu dulden sei, wenn es sich bei den Herrschenden um die noch halbwegs ertragbaren Österreicher handele, die sich gefälligst damit zufriedengeben sollten, die ungarische Krone eingeheimst zu haben.

Karol dachte, dass das Volk Franz Josephs nicht nur die Kaffeehäuser, sondern auch die süßen ungarischen Weinsorten ins Land gebracht hatte. Ihm fiel auf, dass die drei Männer in etwa so alt waren wie er, als er den *dwór* fast zwanzig Jahre zuvor verlassen hatte. So lange war es also auch schon her, dass die Österreicher ihm mit ihrem Tokajer einen so tragischen Streich gespielt hatten.

Am Tag zuvor hatte sich Kazimierz Kasbek Katzenstein, der Klavierstimmer, die Treppe des Hauses in der *ul. Bernardyńska* hinaufgezogen.

Er war langsam gegangen, und wie ein kleines Kind hatte er erst beide Füße auf eine Stufe gesetzt, bevor er die nächste erstiegen hatte. Seine rechte Hand hatte eine Tüte Gebäck und den hölzernen Handlauf umklammert, der in Form eines Schlangenkörpers geschnitzt war. Mit der linken Hand hatte der Klavierstimmer sich auf einen Stock gestützt, denn zu schwach war er von den Ereignissen der letzten Tage und der großen Hitze.

Es war der Tag seines wöchentlichen Besuches bei Karol. Wie jeden Donnerstagnachmittag hatte der Klavierstimmer seine schäbige Wohnung in der *ul. Szeroka* zeitig verlassen, um am alten jüdischen Friedhof, den er nie betrat, vorbeizugehen. Die Gräber des Friedhofes neben der Remuh-Synagoge waren zu alt, als dass er hier jemanden besuchen konnte, und er hatte auch nicht das Bedürfnis, Steine auf das Grab von Moses Isserles zu legen. Der Klavierstimmer besuchte allerdings auch nie den neuen Friedhof, obwohl dort einige seiner Freunde und Bunja lagen, sondern war links in die *ul. Miodowa* abgebogen. Die Juden Krakaus durften zwar seit fast vierzig Jahren auch außerhalb von *Kazimierz* wohnen, viele waren in die Stadtteile *Stradom, Podgórze* oder, wie die reicheren und europäisch gebildeten, in die Innenstadt gezogen, aber ihm gefiel es hier im traditionellen Schtetl am besten. Hier hatte er das Gefühl, in einer eigenen kleinen Stadt innerhalb der großen zu wohnen. *Kazimierz* war für ihn unheimlich, magisch und lebendig. Er mochte die kleinen geduckten Häuser mit den fingerbreiten Ritzen rechts oben an den Türpfosten, wo seit Jahrhunderten die winzigen Gebetsrollen in der Mesusa angebracht wurden. Er mochte den Platz vor seiner Haustür, die spielenden Kinder auf dem Vorplatz der Alten Synagoge, das jüdische Bad, die schnelle Erreichbarkeit der Uferwiesen. Kazimierz besuchte gerne den Markt auf dem *Plac Wolnica*, der seinen Namen seit dem Mittelalter dem Recht auf freien Verkauf von Fleisch verdankte. Hier drapierten sich die Frauen mit ihren vielen Röcke inmitten ihrer angeschlagenen Emaillekannen und Blechtöpfe, hier stand Abraham Sternbach, ein in diesem Viertel aufgrund seiner Tücher, Hüte und Kappen, die er mit seinem Sohn Yetzele unter die Leute brachte, sehr bekannter Schneider. Der Klavierstimmer mochte die aufgebockten Brettertische mit den Eisenwaren aller Art, hinter denen die Frauen mit Schürzen über ihren geschwollenen Beinen und Tüchern vom Schneider Sternbach über ihrem strähnigen Haar standen, während ihre Männer selbst an den Ständen der Konkurrenten feilschten oder diskutierten. Es war dreckig, aber dafür standen die Türen der schiefen Häuser tagsüber offen, und es fand sich immer jemand, der zwischen der Erledigung seiner Arbeit Zeit für einen Schwatz hatte. Ihn störten der Dreck, das Stroh, der Unrat auf den nicht immer gepflasterten Wegen nicht. An manchen Stellen war die Straße so verschmutzt, dass man das darunterliegende Pflaster gar nicht mehr erkennen konnte. Dafür holperten hier die Fuhrwerke nicht so laut, und das hatte auch sein Gutes. Denn der Klavierstimmer unterschied zwischen gutem und schlechtem Krach. Musik aller Art zählte zu den angenehmen Tönen, die seine Ohren bevorzugten. Die Stimme von Bunja hatte dazugehört, überhaupt Gespräche mit Menschen, abgesehen von Anton Koźny oder Paulina Rosenberg. Letztere war seine Nachbarin und schien den ganzen Tag nichts Besseres zu tun zu haben, als die gesamte Straße mit ihrem Gekeife und dem Inhalt ihrer Waschschüssel zu beglücken. Vor ihrem Haus war die Straße immer feucht und matschig, egal, wie heiß es auch sein mochte, und im Winter musste man einen Bogen um ihren Eingangsbereich machen, wenn man nicht auf gefrorenem Waschwasser ausrutschen wollte, denn *máme* Rosenberg wusch noch mehr als sie redete. Kein Wunder, dass ihr Mann zwar stets tadellos sauber gekleidet war, aber schweigsam wie die Fischköpfe in der Suppe.

An der Straßenecke hatte der alte Klavierstimmer wie jedes Mal eine Pause gemacht, den Atem ruhiger werden lassen und keuchend ein paar Worte mit Jadwiga und Emilia Libeskind vor deren Laden gewechselt. Er hatte sich, die Stirn mit einem Taschentuch abwischend, erkundigt, wie es mit dem *Bielitzer Rapaport* laufe und ob die geklöppelten Spitzen immer noch so gefragt seien. Vor dem Schaufenster zu ihren Füßen hatten ein paar bis auf die Schläfenlocken kahl geschorene Jungen auf den Platten des Gehweges gesessen. Trotz der Hitze hatte der eine einen ausgefransten Pullover getragen. Sie hatten mit Glasmurmeln gespielt, ein etwa dreijähriger Knabe mit Kittelschürze hatte ihnen zugesehen. Seine schwarzen Augen, die so rund waren wie die Murmeln, blickten sehnsüchtig aus dem rotzverschmierten Gesichtchen. Dann aber waren mit lautem Gejohle und Gepolter andere Kinder angerannt gekommen, die einen verlumpten Hund vor ein aus einem Kinderwagengestell und Brettern selbst gezimmertes Gefährt gespannt hatten. Der mit Zweigen gepeitschte Hund war so schnell gerannt, dass der Wagen mitsamt seinen Insassen in der Kurve beinahe im Rinnstein gelandet wäre. Der Hund war mitten durch die Murmelspieler geflitzt, dass Kinder und Glaskugeln kreuz und quer in alle Richtungen auf den Gehweg geflogen waren. Das Geschrei war groß gewesen, als jedes der Kinder versucht hatte, herauszufinden, was geschehen und wer Übeltäter dieser Misere war. Dem kleinen kittelschürzigen Jungen war noch mehr Rotz über sein Gesicht gelaufen, nicht etwa weil er sich sein Knie blutig geschlagen hatte, sondern weil ihn seine Brüder vor dem Laden der Schwestern Libeskind einfach hatten stehen lassen, um die Verfolgung der Hundekutschenantreiber aufzunehmen. Diese aber waren, mit beiden Händen ihre Hosen haltend, an denen Latz und Träger fehlten, dem nun fahrgastlosen und deshalb noch schnelleren Hund hinterhergerannt, um ihn einzufangen. Das Tier hatte aber gar nicht daran gedacht, sich einholen zu lassen, sondern alles darangesetzt, seine lästige klappernde Fracht loszuwerden. Nacheinander waren erst der bellende Hund, das über die Platten hüpfende Fahrgestell, die Betreiber der seltsamen Erfindung mit ihren vom Hintern rutschenden Hosen und dann die fäusteschwingenden Verfolger der Murmelabteilung um die nächste Ecke in eine kleine Gasse zwischen den Häusern verschwunden. Heulend war der Kleine stehen geblieben und hatte nicht die geringsten Anstalten gemacht, ihnen zu folgen. Kazimierz hatte das Gebrüll in den Ohren geschmerzt, und Emilia war drauf und dran gewesen, einen Eimer mit kaltem Wasser und einen Besen zu holen, um das nervende Balg zum Verschwinden zu bewegen, hatte die Murmelspielerei sie doch den ganzen Tag gestört. Welche Kundschaft wollte sich schon über verlauste Rotzbengel und deren Stolperfallen bugsieren, um ihren Laden zu betreten? Der Klavierstimmer hatte lange genug Atem geholt, seinen Stockknauf umfasst und war weitergegangen, um nebenan bei Dawid und Lieba Schreiber ein paar süße *bajgle* mit Zimtrosinen und Blaubeeren zu kaufen, die er zu seinem Besuch bei Karol mitbringen wollte. Als er aus der Bäckerei wieder auf die Straße getreten war, hatte der Kleine mit dem verklebten Gesicht sein Geschrei eingestellt, denn gerade war das klapprige Gestell wieder um die Ecke gebogen, diesmal hatten allerdings die Kinder, Verfolgte und Verfolger gemeinsam, den Wagen gezogen, und der Hund hatte daraufgesessen, bellend, voller Triumph.

Der Klavierstimmer war kopfschüttelnd und mit zittrigen Beinen die *ul. Stradomska* hochgegangen. Oft hatte er anhalten und sich die Stirn mit dem Taschentuch abwischen müssen, dabei die Tüte mit dem Gebäck in der Hand mit dem Stock haltend. Zu guter Letzt war ihm dann noch der beschwerliche Gang hinauf zu Karols Wohnung geblieben.

Erst hatten sie schweigend Tee getrunken und das mitgebrachte Gebäck gegessen. Dann hatte der Klavierstimmer ein wenig vom Schtetl erzählt, vom Rabbiner Jehoschua Thon, der ihm gefiel, weil seine Ansichten fortschrittlich waren, weil er unter den Krakauer Zionisten herausragte. Kazimierz hatte nach seiner Flucht aus Georgien erst in Lemberg gelebt. Er berichtete Karol, dass er den Rabbiner dort schon als kleinen Jungen kennengelernt hatte, bevor Jehoschua nach Berlin gegangen war, um an der Universität den Doktor der Theologie und Philosophie zu machen. Dass er Jehoschua Thon in Krakau wiedergetroffen hatte, als dieser dort vor zehn

Jahren Rabbi der Tempelsynagoge geworden war. Und dass der Rabbi Thon nur drei Jahre nach seiner Amtseinführung die jüdische Bibliothek *Ezra* an der *ul. Krakowska* mitgegründet habe. Er erzählte von den Gelehrten und Künstlern, oft konfessionslose Juden wie er selbst, die seine Freunde waren. Davon, dass Josef Sare als jüdischer Vertreter nicht nur in den Stadtrat gewählt worden sei, sondern sogar zum Vizepräsidenten von Krakau.

Normalerweise erzählte er auch ein wenig vom *dwór*, Belangloses meist, nichts von dem Gestank der Katzen, nichts vom Drozdowski, nichts vom Verfall.

Einmal im Jahr stimmte er Karols Klavier, auf dem nie gespielt wurde.

An diesem Donnerstag aber hatte er, nachdem er vom Rabbi Thon und Josef Sare gesprochen hatte, Karol von den Hochzeitsplänen zwischen den Häusern Laub und Koźny berichtet. Stockend hatte er das wiedergegeben, was er mitbekommen hatte, als er dort am Tag zuvor den Bösendorfer gestimmt hatte. Davon, dass er dies eigentlich schon tags zuvor hatte tun wollen, nachdem er bei Elżbieta den Drozdowski gestimmt hatte. Dass ihn dann aber eine derartige Übelkeit erfasst habe, dass er die Koźny'schen Ländereien erst besudelt und dann verlassen habe, ohne seinen Auftrag erfüllt zu haben. Also sei er am nächsten Tag den weiten Weg noch einmal gegangen, und während er am Bösendorfer gearbeitet habe, sei Elżbieta aufgetaucht.

Die Übelkeit müsse wohl eine Form der Vorahnung

gewesen sein. Denn noch nie war das Gewissen so hinterrücks über den Klavierstimmer hergefallen wie an jenem Tag. Jahrelang hatte Kazimierz das Gefühl der Scham mit sich herumgetragen, ohne zu wissen, wofür er sich schämte. In den letzten Tagen hatte er sich eingestanden, dass es die Mitwisserschaft war, die ihm ein Dauergefühl der Scham verursachte, dass ihm davon übel wurde. Dazu war eine Macke, ein Tick gekommen, den er sich selbst nie hatte erklären können: Wo immer er auch ging oder stand, was immer er auch tat, ständig sah der Klavierstimmer sich fallen, ausrutschen, stürzen und seinen Kopf auf Kanten knallen. Er sah sich, wie er sich den Schädel an Klavieren und Flügeln stieß, er sah sich auf Bordsteinkanten stürzen, wo sein Kopf blutig aufschlug. Er sah sich auf Treppen ausrutschen, den Hinterkopf hart auf den Stufen aufprallen, er sah sich gegen die Straßenbahn laufen, deren Elektrizität ihm immer noch Angst einjagte, obwohl sie schon seit einigen Jahren die pferdebetriebene ersetzte, und sah seinen Kopf von der Härte des Aufpralls aus Nacken und Genick reißen. Fuhr er doch einmal mit der Straßenbahn, klammerte er sich mit schwitzigen Handflächen an die Metallstangen, dass es in den Kurven nur so quietschte, damit er nicht bei jeder Station den Halt verlöre und mit dem Kopf gegen Holzbänke, heruntergeklappte Fenster oder andere Passagiere stoße.

Tischkanten musste er umklammern, um vor einer Kollision mit ihnen gefeit zu sein. Wenn er abends zu Bett lag und die Termine des nächsten Tages ordnete oder Vergangenes Revue passieren ließ, so sah er sich jedes Mal in dem Moment, in dem er das Wort ergriff, um seine eigene Meinung kundzutun, keine streitende oder rechthaberische, nein, nur seine ganz persönliche Meinung, in dem Moment, wo die Worte aus seinem Mund kamen und die Gesichter sich ihm zuwandten, sah er sich stürzen. Es reichte schon der Gedanke daran, Lieba oder Dawid um ein Brot zu bitten, und er sah seinen Kiefer auf ihre Verkaufstheke krachen, dass seine restlichen Zähne zersplitterten. Nie war eine dieser schmerzvollen Visionen Wirklichkeit geworden, er kannte andere seines Alters, die wirklich stürzten und fielen, er hatte sich jedoch, aus Angst vor dem Sturz, einen langsamen, tastenden Gang angewöhnt. Er war immer sehr aufmerksam, besah jeden Schritt seiner Wege genau, schätzte alle Gefahren im Umkreis von einigen Metern mit den Augen ab, bevor er sich ein Gefühl der Entspannung zugestand. An diesem Nachmittag, in Karols Stube, hatte er sich gefragt, ob es die Ereignisse im *dwór*, zwanzig Jahre zuvor, gewesen waren, die ihm derart den Boden unter den Füßen wegzogen.

Kazimierz hatte Karol davon berichtet, wie Anton und Elżbieta über die Verheiratung ihrer Kinder gesprochen hatten. Die Worte über die anstehende Hochzeit waren dem Klavierstimmer nur schwerlich aus der Kehle gekrochen. Er hatte zu Boden gesehen, und erst nachdem alles gesagt war, gewagt, einen kurzen Blick in das Gesicht seines Freundes zu schicken, wie ein Schuldiger, der um Vergebung sucht.

Karol hatte ihm fest in die Augen gesehen, beide hatten sie sich regungslos angestarrt, und dieser gerade Blick hatte ihn an den einen Moment in ihrer Freundschaft erinnert; damals hatte Karol ihn genauso angesehen.

Kazimierz hatte die Szene noch einmal langsam aus seiner Erinnerung auftauchen lassen, erst war sie träge vor seinem Auge vorbeigezogen, wie ein alter rostiger Kahn auf der Weichsel. Doch der Blick Karols gab der Erinnerung eine kurze blitzartige Schärfe, ein Aufflackern, als reflektiere ein geöffnetes Fenster im gegenüberliegenden Haus das Sonnenlicht. Ein Stich, der den Klavierstimmer traf, für einen Moment schien er wieder mit Karol im Salon des *dwór* am Drozdowski zu sitzen.

Vor dem Fenster des *Jama Michalika* stand ein junges Paar, das Karol die Sicht auf die Straße versperrte. Der Junge hatte die Arme verschränkt und blickte angestrengt zu Boden. Zwischen seinen Augenbrauen zog sich eine tiefe Falte bis in die Stirn. Das Keifen des Mädchens, ihre Vorwürfe, die sich zu einer schrillen Litanei hochschraubten. Karol musste die Worte nicht verstehen, um zu wissen, worum es ging. Es war doch immer dasselbe. Entweder er trank zu viel, oder er war ihr gegenüber zu unaufmerksam. Vielleicht fehlten die kleinen Geschenke, die Blumen, die Pralinen. Seine Freunde waren ihm wichtiger. Er dachte nur an sich. Er hatte einer anderen nachgesehen. Er sah ständig anderen nach. Er gierte nur danach, unter alle Röcke zu grapschen, die ihm zu Gesicht kamen. Und dazu die ständige Sauferei. Warum dachte er nicht mal an sie? Warum dachte er nicht an ihre gemeinsame Zukunft? Warum dachte er nicht daran, welche Schande er ihr mit seinem Verhalten bereitete? Liebte er sie denn nicht? War er ihrer schon überdrüssig geworden? War denn alles nur gespielt, die Neckereien, sein Werben, die Liebeleien? Hatte er den Abend hinter der Scheune etwa schon vergessen? Oder hatte er dort bekommen, was er wollte, und jetzt war sein Interesse erloschen?

Das ist das wahre Hohelied der Liebe, dachte Karol. Er konnte es nicht mehr hören. Es ödete ihn an.

Und dann das beschwichtigende Umarmen des Jungen, seine tröstenden Arme um sie geschlungen. Ihr Kopf an seiner Brust, seinen Geruch atmend. Das Hemd tränenverschmiert. Die geröteten Augen devot flehend, die Vorwürfe verschwunden. Schmerz und Enttäuschung als einzig Zurückgebliebene auf dem Fest des So-gerne-glauben-Wollens.

Die Menschen um Karol schienen sich verrückt zu machen. Die Streitereien zwischen den Paaren, die offene Verachtung oder Gehässigkeit waren ihm unbegreiflich. Er verstand es nicht. In seinen Augen schien alles so einfach. Niemand hatte das Recht, seinen Partner mit Vorwürfen zu überschütten. Jeder konnte doch das tun, wonach ihm war, und den anderen ebenso seiner Entscheidung überlassen. Wenn man es nicht mehr aushielt, ging man eben. So einfach war das. Karol spürte, dass er nicht das geringste Verständnis für die Probleme der Liebespaare aufbringen konnte. Ihr Verhalten erschien ihm unsinnig und zwecklos. Diese jungen Leute glaubten doch alle, dass Liebe nur wahr sei, wenn sie unweigerlich mit Leiden verbunden war. Und so dachten auch viele ältere Menschen, die es besser wissen und das Leiden an der Liebe nicht mehr mit Leidenschaft verwechseln sollten.

Nun verteidigte sich der Junge und benutzte dazu die Sprache der Heranwachsenden, die nicht wussten, wohin mit ihren langen Armen, die sie in runden Bewegungen vor sich hin- und herschoben, als wollten sie die Leibesfülle eines besonders korpulenten Menschen pantomimisch darstellen oder verdeutlichen, dass die ganze Welt ihnen unvorstellbar groß und doch greifbar erscheine. Noch unangenehmer war Karol die Phase davor, in der sie noch mehr Kind als Mann waren und jedermann ihre ungestümen Kräfte durch ständige Rangeleien verdeutlichen mussten. Diese Prügeleien, das großspurige Gehabe, das mutwillige Zerstören der Bänke und Beete der *Planty*, das Jagen der Tauben auf dem *Rynek Główny* und das Beschimpfen der Passanten waren Angewohnheiten, die Karol aus seiner Ruhe in eine große Aggression treiben konnten.

Das Paar vor dem Fenster des *Jama Michalika* war ungefähr im Alter seiner Töchter und Antons ältestem Sohn Jarosław. Es erschien ihm, als stände sein altes Leben mit Elżbieta drinnen im Kaffeehaus, die Zukunft der Kinder draußen, er selber dazwischen. Oder war es in Wahrheit nur die Fensterscheibe, die zwischen Vergangenheit und Zukunft stand, das Glas die Gegenwart und er, Karol, an seinem Tisch nur ein unnötiger Statist? Seine Gedanken wanderten von ihm als jungem Familienvater zu seinen Kindern, nun selbst junge Erwachsene. Er musste nur den Kopf wenden, hin und her, so konnte er beide Perspektiven betrachten, seine Vergangenheit als junger Ehemann und Familienvater und seine Kinder, nun auch heiratsfähige junge Erwachsene. Er selbst schien nur als Beobachter und Analytiker vorhanden.

Zwei der drei Männer vom Nachbartisch spotteten lauthals über die konservativen Moralinstanzen und die bürgerliche Prüderie. Der dritte von ihnen, der Cholerische, war nun ruhiger, der Alkohol hatte ihn besänftigt, wenn sein Gesicht auch noch geröteter war als zuvor. Er stierte auf seine Hände, die vor ihm auf dem Tisch lagen wie zwei plumpe Fleischbrocken, und brabbelte etwas von der pathetischen Literatur des *Jungen Polen*, die eine große Feierlichkeit in sich trage. Karol wusste, dass die drei unentwegt diskutierend und weitertrinkend im *Jama Michalika* sitzen blieben, bis es schließen würde. Dann setzten sie ihr Besäufnis entweder im Bahnhofscafé oder in der *Kawiarnia Rosenstock* fort. Sie würden sich anschreien, nach den Kragen ihrer Kontrahenten greifen, bis sie sich in einem Zustand befänden, in dem sie nur noch unter dem Tisch liegen konnten.

Karol fragte sich, warum man die Kaffeehäuser Intelligenzschmieden nannte, wo doch die *Intelligenz* immer so benebelt war, dass von deren Verstand nicht mehr viel zu erkennen blieb.

Es ist ein großer Fehler des Menschen, sich von Gefühlen leiten zu lassen, dachte Karol. Würden alle nur mit etwas mehr Ratio an die Dinge gehen, wäre das Leben viel einfacher. Logik war das Prinzip, nach dem zu handeln Karol sich seiner selbst gegenüber verpflichtet hatte. Handelte der Mensch logisch, wären die meisten Probleme der Welt nicht existent, davon war Karol überzeugt. Ginge man nur mit genügend Verstand und Logik an die Schwierigkeiten des menschlichen Zusammenlebens, würde das die zwischenmenschlichen Beziehungen in hohem Maße verbessern. Es verärgerte ihn zunehmend, dass nicht alle so dachten, wie er es tat. Die Menschen wurden von ihren irrsinnigen Emotionen dominiert, und das verblendete sie dermaßen, dass sie nicht mehr in der Lage waren, vernünftig zu denken. Karol stand auf, legte das Geld auf den Tisch, strich seine Hosenbeine glatt und ließ sich von der Garderobiere seinen Hut geben, bevor er sich anschickte, das Kaffeehaus zu verlassen. Im Vorbeigehen nickte er dem Kellner noch einmal zu, trat hinaus und sah das junge Paar, das sich eben noch so heftig gestritten hatte, Arm in Arm in Richtung der Tuchhallen schlendern. Er beschloss, dass es an der Zeit sei, die gemeinsamen Sonntage mit den Töchtern einzustellen.

Vernunft und Logik!, dachte er noch einmal. Wer diese beiden Tugenden verinnerlicht hat, der ist ein wahrhaft angenehmer Zeitgenosse!

xi Essenz des Festes

Elżbieta saß im Unterkleid am Schminktisch ihres Ankleideraumes, in der einen Hand einen Parfümflakon haltend, um die andere ihr Haar geschlungen. Sie weinte nicht. Die winzigen Tröpfchen des Duftwassers umhüllten sie wie ein feiner Sprühregen, sie hatte sehr oft auf den Pumpball gedrückt, und obwohl sie Veilchenparfüm benutzte, war der Geruch im Raum herb. Er trug etwas in sich, das Agnieszka an Brusthaare eines Mannes, an verschwitzte Decken und erhitzte Körper denken ließ. Ihre Herrin hielt ihr Haar in der Hand, sie fluchte nicht einmal, obwohl sie sich im Spiegel betrachtete. Die fahle Blässe aus ihrem Antlitz war verschwunden, und die Augen waren nicht rot zugequollen, wie sonst seit der Geburt Katarzynas wenige Monate zuvor. Elżbietas Blick war gesättigt und gleichzeitig fordernd, und Agnieszka wurden die Bilder der körperlichen Liebe noch fassbarer.

Draußen begann es zu regnen, die ersten Tropfen wurden vom Wind mit klopfenden Schlägen gegen die Scheiben getragen.

Trotz der duftschweren Wärme im Zimmer zeichneten sich Elżbietas Brustwarzen unter der dünnen Seide des Unterkleides ab, die zierlichen Träger lagen leicht auf ihren schmalen Schultern, und Agnieszka fand Elżbieta wunderschön. Ihr Blick glitt von dem roséfarbenen Seidenstoff auf der blassen Haut an Schulter und Rücken zu den geröteten Wangen, wie die Hände eines Liebhabers es tun würden. Elżbieta bemerkte nicht einmal, dass Agnieszka sie anstarrte. Sie betrachtete ihr Gesicht im Spiegel und ließ ihre Haare gedankenverloren in zärtlichen Bewegungen das Handgelenk umspielen. Agnieszka verspürte den Wunsch, ihrer Herrin über das Haar zu streichen, ihre Finger darin zu vergraben, die dünnen Arme zu umfassen, mit festem Druck bis zu den Schultern hochzufahren und ihre Finger über die zierlichen Träger und die zarten Schlüsselbeine streifen zu lassen. So sehr war Agnieszka von der eigentümlichen Stimmung, die ihre Herrin an diesem Abend umhüllt hatte, ergriffen. Sie fragte sich, ob die Herrschaften wieder zueinanderfinden würden. Dass etwas geschehen würde, war so greifbar wie die Körperlichkeit, die im Raum stand wie ein gefangenes wildes Tier.

Einer der Träger war Elżbieta über die Schulter gerutscht und gab den Blick auf den Ansatz ihrer Brust frei. Blaue Adern verliefen unter der hellen Haut, und der Gegensatz zwischen dem fragilen Oberkörper und der harten Milchbrust ließ Elżbieta sehr zerbrechlich aussehen.

Was niemand verstand, war, dass Elżbieta trotz ihrem Unbehagen der Mutterschaft gegenüber darauf bestanden hatte, ihr Kind selbst zu nähren. Sie führte das Stillen mit einer Mischung aus Widerwillen und Empfindungslosigkeit aus, weil sie den größeren Brustumfang einer Stillenden ihrem normalen vorzog.

Agnieszka streckte ihre Hand aus, sie wollte Elżbieta greifen und deren verletzliche Gestalt mit ihrer kräftigen umschlingen. Sie verspürte das starke Bedürfnis, ihre Herrin mit ihrem eigenen Körper und dessen Kraft zu schützen, zog aber lediglich den verrutschten Träger mit einem fahrigen Ruck hoch, wickelte Elżbieta das Haar von der Hand und begann es, belangloses Zeug plaudernd, vorsichtig zu bürsten. Ihre Herrin ließ es diesmal zu, ohne Geschrei, ohne Tränen, ja sogar ohne den prüfenden Blick auf jeden Bürstenstrich und die Zahl der mitgenommenen Haare.

Der Regen wurde stärker, das vereinzelte Tropfen wuchs zu einem Rauschen, das Zimmer wurde dunkler.

»Ich werde das Graugestreifte von Rosenzweig tragen«, sagte Elżbieta. In ihrer Stimme lagen Stolz und Trotz. Und als müsse sie sich ihre Entscheidung selbst noch einmal bestärken, fügte sie hinzu, dass sie auch den Schmuck mit den grünen Steinen anlegen wolle. Trotz war eine Eigenschaft des Menschen, deren Macht man nicht unterschätzen durfte.

Elżbieta wollte, dass sich Anton unweigerlich an den Tag des Gedichtwettstreits erinnert fühlte, wenn sie in diesem Aufzug auf dem Fest erschiene.

Agnieszka half ihr, das grau gestreifte Kleid anzuziehen, doch an der Brust ließen sich die silbernen Knöpfe nicht schließen. Fester schnüren, befahl Elżbieta gereizt. Agnieszka wagte nicht, ihr vorzuschlagen, ein anderes Kleid zu tragen, eins, das eher einer jungen Mutter entsprach. Aber Elżbieta war so sehr darauf fixiert, an diesem Abend dieses Kleid zu tragen, dass sie lieber auf das Fest verzichtet hätte, als in einem anderen zu erscheinen. Sie schnürten also das Mieder enger, beide stöhnend.

Steif saß Elżbieta dann, ließ sich die Haare von Agnieszka so hochstecken und mit einem Hütchen bedecken, dass die lichten Stellen nicht auffielen. Dann legte sie die Ohrringe an und das Collier um den schmalen Hals. Leuchtend lagen die Steine auf dem grau gestreiften Stoff des Kleides. Elżbietas Augen im Spiegel blitzten so auf, als sie sich selbst betrachtete, dass Agnieszka erschrocken zurückwich. Das Funkeln von Augen und Steinen hatte etwas Bedrohliches und Aggressives.

Auch Karol, der in diesem Moment den Raum betrat, das Gesicht noch gerötet von der Rasur, das Haar feucht gekämmt, die Manschetten in der Hand, blieb überrascht auf der Schwelle stehen, ohne die Worte aus seinem Mund zu bringen, zu deren Aussprache er das Zimmer seiner Frau aufgesucht hatte. Stumm sahen sich Mann und Frau an, er mit einer Mischung aus Ungläubigkeit, Erstaunen und distanzierter Verunsicherung, sie hingegen triumphierend.

Schwer war der Regen, dessen Rauschen durch die Fensterscheiben hineindrang, und schwer zogen Schwaden des süßen Geruches durch die von Karol geöffnete Tür aus dem Raum hinaus.

Der Boden war aufgeweicht, das Wasser fraß sich

hinein, ließ ihn schlammig und die Wiesen rutschig werden. Elżbieta hielt den Saum ihrer Röcke mit der linken Hand hoch. Dicke Brocken der lehmigen Erde klebten an ihren Stiefeln, schlitternd kamen sie voran, jeder Schritt ein Schmatzen. Mit dem freien Arm hatte sie sich bei Karol untergehakt, der ihr den Schirm hielt. Trotz des glitschigen Weges hüpfte sie und drückte ihrem Mann, unentwegt schwatzend, einen spitzmündigen Kuss auf die Wange.

»Anton, der will sich bald einen neuen Flügel kaufen. Sofia hat gesagt, es soll sogar ein Bösendorfer sein.« Ihre Stimme war singend und gleichgültig zugleich.

»Stell dir nur mal vor, wie schön sich Mozarts Sonaten auf einem nagelneuen Flügel anhören müssen.« Ihr bemüht nicht vorwurfsvoller Ton ließ den Vorwurf um so stärker durchklingen.

Karol war von ihren Worten getroffen, und das lag nicht am nahenden Herbst, der ihn immer dünnhäutig werden ließ. Seine Frau wusste genau, dass seine finanzielle Lage ihm den Kauf eines neuen Flügels noch nicht ermöglichte, schon gar nicht den eines Bösendorfers. Sicher, er war immer noch wohlhabend, sein Haus und seine Ländereien groß. Aber sein Vater hatte sich mehr seinen Afrika-Spinnereien denn der Geschäfte des Gutshofes gewidmet und diesen langsam heruntergewirtschaftet. Karol mochte sich nicht verschulden, um diese Situation nicht zu verschlimmern. Er wusste, dass Anton dies tat, um sein Gutshaus ständig mit neuen Errungenschaften auszustatten.

»Ich habe gehört, dass er sich nur für das Fest ungarischen Wein hat liefern lassen.« Entweder merkte sie nicht, dass Karol ihre Bewunderung für Antons Protzereien verärgerte, oder es war ihr gleichgültig, denn sie schwärmte trotz seines Schweigens weiter.

»Für die Männer einen trockenen Szamorodni und für die Frauen einen süßen Aszú. Ich freue mich darauf, endlich einmal Tokajer zu trinken!«

Weshalb weiß Elżbieta seit neuestem über Wein Bescheid?, fragte Karol sich, so etwas hat sie doch sonst nie interessiert. Darüber sprach sie mit Sofia? Das war seltsam, Sofia trank niemals Alkohol, sie verachtete das Zeug, und Karol konnte sich kaum vorstellen, dass man mit Antons Frau über irgendetwas anderes als Kochrezepte und die Heilige Mutter Gottes reden konnte.

Und überhaupt, warum plapperte Elżbieta plötzlich die ganze Zeit, wo sie doch die letzten Monate nur heulend durch das Haus gelaufen war? Wieso konnte sie auf dem Weg zu Antons Fest fröhlich sein, während sie zu Hause depressiv war? Jetzt hing sie an seinem Arm und redete Unsinn, den sie ihm ohne Feingefühl um die Ohren klatschte. Er wollte sich den Abend nicht verderben lassen, außerdem war seine Frau um einiges jünger als er, im nächsten Monat würde sie ihren 23. Geburtstag feiern, und seit das Kind da war, hatte er ihr wirklich nicht viel an Zerstreuung bieten können. Er konnte nur davon profitieren, wenn er die Zügel etwas lockerte und ihr das Vergnügen eines schönen Abends gönnte. Und hatte sie ihn nicht soeben auf die Wange geküsst? Womöglich würde die Freude über das Fest die trübe Stimmung seiner Frau langfristig aufhellen und sie ihm wieder näherbringen. Er hatte ihre Launen respektiert und sie in Frieden gelassen, nun lag die Geburt aber schon über ein halbes Jahr zurück, und langsam ging ihm die Geduld aus. Er wollte abends nicht mehr starr neben einer Frau liegen, die sorgsam darauf achtete, dass jeder unter seiner eigenen Decke blieb, und zu weinen begann, wenn sie glaubte, er schliefe schon.

Also nahm er sie herzlich in den Arm und stimmte ihr, sie unbeholfen drückend, zu, dass auch er gerne einmal Wein trinke. Dann stiegen sie die trotz des Regens erleuchtete Treppe zu Antons *dwór* hoch. Drinnen ließ Elżbieta Karols Hand los, um ihr nasses Tuch abzulegen und es einem der Dienstmädchen zum Trocknen zu reichen.

Als sie den Saal betraten, eilte Anton gleich zu ihnen heran, um Karol dröhnend zu begrüßen. »Karol, mein alter Freund!«, brüllte er ihm in der Umarmung ins Ohr. »Du musst unbedingt den Szamorodni kosten, er ist einfach vorzüglich!« Die beiden Männer standen nebeneinander, und ihre Ähnlichkeit war in diesem Moment sehr groß. Beide trugen einen dunklen Anzug, der von Anton war allerdings etwas modischer geschnitten und von glänzenderem Stoff. Beide waren dunkelhaarig, gescheitelt und schnauzbärtig. Sie hatten dunkle Augen, Karol schwarze, Anton graue, die typische breite Stirnwulst, den kantigen Schädel der Slawen und leider auch abstehende Ohren. Sie waren beide massig gebaut, Karols Körperbau aber eher rundlich, Antons Statur von steifer Autorität.

Endlich küsste Anton Elżbieta die Hand, wobei er wortreich den Fauxpas entschuldigte, ihren Mann vor ihr begrüßt zu haben. Er freue sich nun einmal so, seinen besten Freund zu sehen, was natürlich keinesfalls rechtfertige, eine Frau von Elżbietas Schönheit übergangen zu haben. Sein Kragen war zu eng geknöpft, man konnte sehen, dass er seinen Hals wund scheuerte. Es sah aus, als habe Anton eine Naht am Hals, die es ermöglichte, seinen Kopf beliebig auf- und abzusetzen. Wie rot mochte der Streifen wohl erst am Ende des Abends sein, sollte Anton den obersten Knopf nicht im Laufe der Feier öffnen? Er küsste ihr die Hand ein zweites Mal, seine Augen aber hefteten sich derart an Kleid und Schmuck, dass man denken musste, er schöbe damit das Collier beiseite, öffnete die Knöpfe des Kleides und betrachte ihre bloße Haut. Ihre Hand immer noch haltend, teilte er Karol mit, dass er für die Weiber einen Aszú habe und für die, die gar keinen Alkohol trinken wollten, wie seine tugendsame Sofia, einen Fruchtpunsch. Er lachte abfällig, bot Elżbieta den Arm und schwärmte Karol auf dem Weg zum Buffet, das im Erker aufgebaut war, weiter von den Köstlichkeiten vor, die er eigens für den Abend habe zubereiten lassen.

Während sie am Buffet standen und Anton Karol gerade die Vorzüge eines guten Weines erläuterte, lächelte

Elżbieta Anton zu und nickte interessiert, obwohl sie ihm überhaupt nicht zuhörte, sondern beobachtete, wie Henryk Lewkowicz sich in ihre Richtung bewegte. Henryk griff sich ständig ans Revers, strich über seinen Kragen, ein imaginäres Zurechtrücken, wo es nichts zurechtzurücken gab, denn seine Kleidung und seine Haltung waren äußerst korrekt.

Protz du doch mit deinem Wein, deinem Essen und deinem Bösendorfer, den du dir kaufen willst, du alberner Gockel!, dachte Elżbieta bei Antons Worten, und: deine Frau ist so farblos wie du aufgeblasen bist. Erschrocken hielt sie inne, denn Anton und Karol verstummten plötzlich und starrten sie an, so dass sie befürchtete, sie hätte ihre Gedanken laut ausgesprochen. Aber Anton begann sogleich zu berichten, wie gut sich sein Sohn und Stammhalter Jarosław mache, und dass er gedenke, noch eine ganze Armee zu zeugen. Elżbieta fühlte sich wieder an ihr Versagen, nur eine Tochter geboren zu haben, erinnert, sie lächelte Anton trotzdem bewundernd an, während Karol den Dreck an seinen Schuhen, die vorher so sorgsam geputzt worden waren, betrachtete. Antons Prahlerei war durchschaubar, er war lächerlich, aber Elżbieta hätte ihm ihre Verachtung niemals gezeigt, denn sie wusste, dass er ihre Schönheit verehrte, und diesen Zustand wollte sie sich erhalten.

Henryk, der nun am Buffet stand, hektisch umherschauend, sich Essen in den Mund schiebend, noch ohne richtig angekommen zu sein, zog ihre Aufmerksamkeit auf sich. War er denn so hungrig? Wonach war er so gierig, dass er sein Maul stopfen musste, kaum dass er den Saal betreten hatte? Seine hastig umherspringenden Augen verrieten einiges über einen Appetit ganz anderer Art. Elżbieta war enttäuscht, dass er sie nicht anstarrte, sosehr sie sich auch bemühte, seine Blicke durch lautes Lachen, Spielen mit Haarsträhnen und Augenaufschlägen auf sich zu ziehen. Die Niederlage im Gedichtwettstreit musste ihn so getroffen haben, dass er sie ignorierte. Für solche Albernheiten konnte sie überhaupt kein Verständnis aufbringen und wandte sich gelangweilt wieder ab. Henryk schaltete sich, Elżbieta immer noch missachtend, in das Gespräch von Anton und Karol, das vom Stammhalter zum Kaiser gewandert war, ein. Politik interessierte Elżbieta nicht im Geringsten. Schon gar nicht, wenn sie auf einem Fest war, wo sie sich amüsieren wollte. Was kümmerte es sie da, dass Fürst Alexander erst entführt worden war und dann abdanken musste, nachdem der Zar die Versöhnung abgelehnt hatte, und warum mussten die Männer jetzt, im September, immer noch darüber debattieren, wie der Kaiser zugunsten von Serbien interveniert und den Krieg beendet hatte? Da war es ihr noch lieber, wenn Anton zum hundertsten Mal die Geschichte mit dem Springbock zum Besten gab.

Elżbieta war wie ein Jäger auf der Pirsch, sie peilte die Männer im Raum an, deren Interesse sie wecken wollte, und die Enttäuschung, dass nicht alle sie beachteten, sich um sie scharten, ihr mit den Augen folgten, war groß. Marcin Kanarek schenkte ihr keine Aufmerksamkeit. Er stand, lässig an die Wand gelehnt, an der rechten Seite des Raumes und hatte nicht einmal seinen Hut abgesetzt, geschweige denn seinen Seidenschal abgelegt, der ihm locker von den Schultern hing. Elżbieta war nicht verwundert darüber, dass er statuengleich und regungslos seine Stellung hielt, denn ihr war bewusst, dass er sehr viel Anstrengung darauf verwandte, so gleichgültig, unnahbar und desinteressiert wie möglich zu wirken. Die Rolle des geheimnisvollen Beobachters würde ihm schnell langweilig werden.

Die drei Männer neben ihr diskutierten erhitzt, neue Gesprächspartner hatten sich dazugesellt, und Anton gab die erste Runde Zigarren aus, wie um Elżbietas Langeweile noch einzunebeln, und sie war froh, als die Musikanten zu spielen begannen und der beste Teil des Abends seinen Anfang nehmen konnte. Mit dem Tanz wurde das Rauschen des Regens endlich von der Musik übertönt.

Wenige Stunden später hatten die Drehungen der Tänze und der Tokajer die Gäste schwindelig werden lassen, der ungewohnte Geschmack war so anders als der von Rumtöpfen und Wodka. Da wusste man wenigstens, woran man war, was man hatte, wenn man am Ende des Abends zu Boden lag, die Augen weit aufgerissen.

Sofia saß blass und stumm in einer Ecke, ihre Lider waren so trocken und schwer vor Müdigkeit, dass sie glaubte, sie nicht länger aufhalten zu können. In der Mitte des Raumes stand Anton, den Brustkorb aufgepumpt, den Rauch einer Zigarre in den Raum paffend, mal dem einen, mal dem anderen Gast kameradschaftlich auf den Rücken schlagend, dabei stets ein paar anstößige oder zumindest protzende Worte parat. Sofia gegenüber, am entgegengesetzten Ende des Raumes, vor dem Buffet, stand Elżbieta, eine Verschnaufpause vom Tanz nehmend, Gesicht und Nacken verschwitzt, große Schlucke aus dem vollen Glas trinkend. Marcin Kanarek, mit dem sie zuletzt getanzt hatte, fächerte ihr Luft mit einer großen Scheibe Brot zu, eine Unanständigkeit, aber dafür war er ja bekannt. Sie scherzten miteinander, seine Grimassen brachten sie zum Lachen. Er war ein guter Schauspieler, sie eine Circe, eine Kokotte, die die Kunst des verführerischen Augenaufschlages perfekt beherrschte.

Als Marcin sich aufgrund eines dringenden Bedürfnisses – Henryk unterhielt sich seiner Meinung nach schon zu lange mit einer Nichte Antons, die er selbst ziemlich hübsch fand – entschuldigte und entfernte und Elżbieta für einen Moment alleine stand, löste Anton sich aus der Mitte und kam zu ihr. Draußen blitzte es, und ihre Gestalt zeichnete sich dunkel vor den erleuchteten Fenstern ab. Sie hielt den Stiel ihres Glases mit Daumen und Zeigefinger fest, drehte ihn zwischen diesen, so dass sich der Tokajer in elliptischen Wellen bis an den Rand erhob. Ihre Wangen waren gerötet und ihre Augen glänzten. Man sah ihr an, dass sie das Fest genoss. Elżbieta lächelte Anton, der sich genau vor sie stellte, an. Sie neigte den Kopf leicht zur Seite, schloss die Augen, um sie dann ganz langsam wieder zu öffnen und Anton aus noch halb geschlossenen Lidern von unten herauf auffordernd direkt in die Augen zu schauen.

Anton packte ihre Hand, die das Glas hielt, fest am Handgelenk, so dass der Wein aus dem Glas über Elżbietas Ärmel schwappte. Der Schrecken war nur kurz, und sie wollte zu einem Lachen ansetzen. Elżbieta hatte für solche Momente ein extra perlendes glockenklares Lachen in ihrem Repertoire, mit dem sie zu aufdringlichen Annäherungsversuchen die Schärfe nahm, ohne den Verehrer bloßzustellen. Außerdem wusste sie, dass sie die Männer damit verwirren und gleichzeitig noch mehr betören konnte. Doch noch bevor sie von dieser mehrfach erprobten Masche Gebrauch machen konnte, umschloss Antons andere Hand ihr Kinn und ihre Wangen. Während seine Finger ihre Wangen langsam, aber kräftig zusammendrückten, schob Anton sein Gesicht ganz nah an ihres, so dass seine Nase und Augen ihr unnatürlich groß erschienen.

»Ich erinnere mich an einen anderen Abend, an dem du dieses Kleid trugst«, stieß er zwischen aufeinandergepressten Zähnen hervor. »Damals war es obenrum allerdings nicht so gut ausgefüllt.« Sein Blick rutschte abfällig auf ihre prallen Milchbrüste, Tröpfchen seiner Spucke landeten auf ihrer Haut. Als er die rot unterlaufenen Augen von ihrer Brust wieder zu ihrem Gesicht hob, hatte sich Erregung in seine Verachtung gemischt. »Hättest du dich damals für mich entschieden, ich hätte verstanden, dir einen Sohn zu zeugen.«

Elżbieta erschrak, Antons Augen so wild und drohend zu sehen, gleichzeitig verursachten aber ebendieser Blick und die Ungeheuerlichkeit seiner Worte eine Aufregung in ihr, die ein Prickeln in ihren Brüsten und ein Brennen bis zwischen ihre Beine zucken ließ, ein Gefühl, das sie nie zuvor verspürt hatte. Der Schrecken darüber war größer als die Angst vor dem Verhalten Antons, und im selben Moment wurde hinter ihnen die Nacht erneut vom Licht eines Blitzes erleuchtet, das ein dermaßen lautes Donnerkrachen mit sich trug, dass die Glasscheiben der Fenster klirrten. Milch schoss in ihre Brüste, sie konnte spüren, wie kleine Strahlen davon in den Stoff des Kleides drangen. Elżbieta ließ ihr Glas los. Es fiel klirrend zu Boden, zerbrach dort, Glasscherben und Wein spritzten in alle Richtungen. Auf den Boden, ihren Rocksaum und Antons glänzende Schuhe. Eine kurze Sekunde war es, als stände die Zeit still. Als wären alle Geräusche und Bewegungen angehalten worden. Als hätte die Musik ausgesetzt und als hätten sich ihnen die Augen aller Anwesenden zugewandt.

Sie beide, Elżbieta und Anton, sahen auf den Boden, auf die Scherben und auf die sich langsam ausbreitende gelbe Flüssigkeit. Die Geräusche setzten wieder ein, die Tanzenden drehten sich weiter, die Gespräche wurden wiederaufgenommen. Vielleicht hatte gar keine Unterbrechung stattgefunden. Mag sein, dass nur Elżbieta und Anton das Stillstehen der Welt verspürt hatten. Seine Hand rutschte mit einem feuchten Schmatzen von ihrem Gesicht. Seine Fingerabdrücke auf ihren

Wangen waren weiß und wechselten gleich darauf in ein grelles Rot. Die Hand, die immer noch ihr Handgelenk umschlossen hielt, löste die Umklammerung, und da Antons Körper Elżbietas verdeckte und niemand ihr Gesicht sehen konnte, sah es so aus, als habe sie vor Schrecken über den lauten Donner ihr Glas fallen lassen, und er habe versucht, es noch aufzufangen. Sofia eilte heran, kniete sich zwischen Anton und Elżbieta, die Scherben aufzusammeln und den Wein vom Boden und den Schuhspitzen ihres Mannes zu wischen.

Auf dem Oberteil von Elżbietas Kleid fraßen sich nass zwei kreisförmige Flecken in den grau gestreiften Stoff.

XII Muttertochter – Vatertochter

Katarzyna war nicht gläubig. Sie hielt die Kirche sowie den gesamten Klerus für unglaubwürdig und verlogen. Zu dieser Überzeugung war sie schon früh gekommen, hatte sie aber für sich behalten, weil sie wusste, dass sie damit Empörung hervorrufen würde. Den wöchentlichen Kirchgängen im Dorf schloss sie sich seit Jahren nicht mehr an, und nur ihrem Vater zuliebe nahm sie die Langeweile der Messe in der Marienkirche auf sich.

Als kleines Mädchen war ihr Glaube an den Herrn im Himmel durchaus von großer Überzeugung gewesen. Sie hatte sich Gott – wie jedes andere Kind auch – als alten bärtigen Mann vorgestellt, der auf einem Schemel über den Wolken sitzt.

Einmal hatte sie sich sehr vor einem Gewitter gefürchtet. Agnieszka hatte sie damit beruhigt, dass auch Blitz und Donner Werke des allmächtigen Herrn seien und dass sie, Katarzyna, also keine Angst zu haben brauche. Katarzyna glaubte ihr und fand auch gleich eine logische Erklärung: Wenn Gott den Donner erzeugte, hieß dies nur, dass auch er ab und zu Luft ablassen müsse. Und da er groß und mächtig war, musste sich der göttliche Wind natürlich weitaus gewaltiger als der menschliche anhören. Als sie diese Schlussfolgerung voller Stolz laut kundgetan hatte, hatte Agnieszka ihr entsetzt links und rechts ein paar saftige Ohrfeigen verpasst.

Das Schlüsselerlebnis aber, das sie zur Atheistin im Verborgenen gemacht hatte, war die Beichte, die sie als kleines Mädchen während der Vorbereitung zur ersten heiligen Kommunion hatte ablegen müssen. Katarzyna hatte in dem engen Beichtstuhl gesessen, von Agnieszka in ein weißes Kleid gesteckt, das unter den Armen gekniffen und dessen raue Steifheit unangenehm auf der Haut gekratzt hatte. Ihr Haare hatte Agnieszka mit Hilfe von Wasser und Fett so streng frisiert, dass die Haarnadeln, die es zusammengehalten hatten, ihre Kopfhaut aufschürften und taub werden ließen.

Sie hatte zu jedem der Gebote eine passende Sünde parat haben müssen, und allein das hatte bei ihr zu Verwirrung und Bestürzung geführt. Sie hatte den Widerspruch, auf der einen Seite als gute Christin nicht sündigen zu sollen, auf der anderen aber zumindest einmal gegen jedes der Gebote verstoßen haben zu müssen, nur um die Beichte gewissenhaft abzulegen, nicht auflösen können.

Abgesehen davon, dass sie ihre jüngere Schwester gelegentlich mit deren Ängsten aufzog und heimlich in das Studierzimmer ihres Großvaters ging, um dort Bücher zu lesen, deren Lektüre ihr verboten war, hatte sie nicht gewusst, was sie noch hätte beichten können. Also hatte sie beschlossen zu lügen, denn ihr Respekt vor Kirche und Priester war so groß, dass sie diese ernste Angelegenheit mit Sorgfalt erfüllen wollte. Die Tage zuvor hatte sie konzentriert nachdenkend damit verbracht, ihre tatsächlich begangenen Sünden den richtigen Geboten zuzuordnen und zu den übrigen möglichst glaubhafte zu erfinden. Insgesamt war sie mit dem Ergebnis sehr zufrieden gewesen. Der Atem des Priesters im Beichtstuhl war schwer und seine Stimme heiser gewesen, als er sie gebeten hatte, ihm sorgsam zu beichten und nichts auszulassen, auch nicht aus falscher Scham. Katarzyna hatte ihm vom Beschimpfen und Ärgern ihrer Schwester erzählt, und geschämt hatte sie sich wirklich ein bisschen. Dann hatte sie ihre erfundenen Geschichten mit eifrigem Stimmchen rezitiert. Der alte Priester hatte sie gefragt, ob das alles sei oder ob sie ihm nicht noch etwas verschweige, und seine Stimme hatte barsch und hysterisch zugleich geklungen. Katarzyna hatte abgestritten, etwas verheimlicht zu haben, worauf der Priester seine Enttäuschung kaum verbarg und ihr gleichgültig auftrug, zehnmal das Ave-Maria zu beten.

Katarzyna hatte erwartet, der Priester müsse ihre Lügen bemerken, und wenn Gott sie nicht durch den Priester strafe, so müsse es durch einen Blitz, der sie beim Verlassen der Kirche traf, oder ein ähnliches vom Himmel geschicktes Unglück geschehen. Aber nichts dergleichen war passiert. Als sie die Kirche verlassen hatte und die Stufen der Kirchtreppe herabgestiegen war, hatte sie kein Mensch entsetzt angesehen und beschimpft, hatte kein Pferd mit den Hufen nach ihr ausgeschlagen, und es war kein Donner erklungen. Da hatte sie beschlossen, dass der Glaube an die Allmacht Gottes nur ein Schwindel sein konnte. Wenn Gott es zuließ, dass man in seinem Haus Lügen erzählte, nur um die Ohren seiner Diener zufriedenzustellen, dann konnte sein Bild, das man ihr vermittelt hatte, nicht stimmen.

Mit Pan Kazimierz sprach Katarzyna über Religion und Glauben. An der Art, wie er vom Judentum erzählte, merkte sie, dass auch er nicht besonders gläubig sein konnte.

Als er im März kurz nach ihrem 19. Geburtstag den Flügel gestimmt und sie ihm dabei Gesellschaft geleistet hatte, weil sie von ihm wissen wollte, was die Begriffe Chassidim und Midnagdim bedeuteten, hatte er ihr außerdem von den jüdischen Mystikern erzählt, die das Erscheinen des Messias für das jüdische Jahr 5666, das in diesem September beginne, vorausgesagt hätten. Er hatte ihr erklärt, wie die Mystiker zu dieser Voraussage gekommen waren, dass sie sich auf kabbalistische Überlegungen und politische Ereignisse bezögen. Und er hatte ihr einige davon aufgezählt – den Pogrom von Kishniev, Theodor Herzls Idee, die Juden nach Palästina zurückführen zu wollen, und den Russisch-Japanischen Krieg – Ereignisse, die die Mystiker als Geburtswehen des Messias bezeichneten. Solche Informationen waren es, die Katarzyna die Gespräche mit dem Klavierstimmer zu den liebsten ihres Lebens machten. Sie hatte den Klavierstimmer nach seiner Meinung dazu gefragt, und er hatte ihr ganz offen geantwortet, dass er zwar gläubig erzogen worden war, sein Vater in seinem religiösen Fanatismus aber so der Gewalt zugesprochen habe, dass er seinem Sohn den Glauben eher aus- als eingeprügelt habe. Daraufhin hatte sie ihm von ihrem Beichterlebnis erzählt und seitdem einen stillen Verbündeten in dem Klavierstimmer gesehen.

Jetzt fragte Katarzyna sich, ob sie den Glauben noch mehr verlieren könne. Das, was ihre Mutter ihr offenbart hatte, war nicht zu fassen.

Sie stand am Fenster des Salons, der zur Vorderseite des *dwór* hinausging. Hinter den überwucherten Beeten lag der Weg, der sich zwischen den Tannen zum Gut der Familie Koźny schlängelte. Erst vor zwei Tagen hatte ihre Mutter die Unglaublichkeit begangen, das Haus zu verlassen und diesen Weg entlangzugehen.

Katarzyna erinnerte sich daran, wie sie einmal mit einem Teller in der rechten Hand an ebendiesem Fenster gestanden und hinausgesehen hatte. Ihre Mutter war gar nicht erst aus ihrem Zimmer gekommen, um mit ihren Töchtern zu essen, und Elisa hatte wieder einmal Jarek getroffen und kam wie immer zu spät zurück. Katarzyna aber hatte Hunger gehabt, und da es ihr trostlos erschienen war, ganz alleine am Tisch zu sitzen, hatte sie ihren Teller genommen und sich an das Fenster gestellt. Stehend hatte sie ihre *kasza* gegessen. Doch plötzlich hatte Agnieszka hinter ihr gestanden und ihr den Teller aus der Hand genommen. Da Katarzyna das Herankommen des Hausmädchens nicht bemerkt hatte, verlor sie für einen Moment Orientierung und Gleichgewicht, sie hatte nicht gewusst, ob sie fiel oder der Teller. In diesem kurzen Moment war ihr gewesen, als hätten die Gesetze der Schwerkraft ihre Gültigkeit verloren. Und genau so fühlte sie sich jetzt wieder.

Jarek, immer wieder Jarek. Was interessierte Elisa der *dwór*, was interessierte sie ihr Vater, der stumm außer Haus lebte? Was interessierte sie ihre Mutter, die leblos war und nur erwachte, wenn sie von Hysterie gepackt wurde? Alles war nichtig, denn sie und Jarek würden endlich, endlich heiraten. Ihre Mutter hatte ihre Depressionen vergessen und war zu den Koźnys gegangen. Sie hatte ihre Apathie aufgegeben, um mit Anton und Sofia die Hochzeit zu planen. Das war der größte Liebesbeweis, den Elżbieta ihr geben konnte, dessen war sie sich durchaus bewusst. Sie würde ihr für immer dankbar sein. Sie würde sie täglich besuchen, würde ihr Leckereien mitbringen, würde sie unterhalten. Elżbieta musste nicht einsam sein. Elisa wusste nicht, ob sie weinen sollte, so glücklich war sie. Sie war aufgeregter als sonst, wenn sie sich mit Jarek traf. Jetzt würden sie sich zum ersten Mal als zukünftiges Ehepaar gegenüberstehen. Elisa fragte sich, ob er ihr einen Ring mitbringen und ob es eine kleine Verlobungsfeier geben würde. Sie sah schon die eigens dafür von Sofia und ihren Küchenmädchen zubereiteten Speisen, süßes Mus mit Sahne, Kuchen und Pasteten. Da es Sommer war, würden sie im Garten feiern können, Agnieszka könnte einen Rumtopf mit den frühen Kirschen ansetzen, die Sonne schiene, sie würden ein wunderbares Picknick auf der Wiese halten, Jarek würde mit ihr auf einer Decke sitzen, sie mussten sich nicht mehr verstecken, die Heimlichkeit war vorbei. Es würde etwas Musik geben, selbst Anton würde nach ein paar Gläschen mitsingen, zu laut und zu tief. Nach noch ein paar Gläsern würde er eine kleine Rede halten. Sie würde sich nicht mehr vor ihm fürchten müssen, denn als zukünftiger Schwiegervater wäre er ihr von nun an gutgesinnt. Karol käme extra aus der Stadt, etwas, was er noch nie getan hatte, aber für die Verlobungsfeier seiner Tochter würde er kommen. Vielleicht würde er den Klavierstimmer Katzenstein mitbringen, sie würden das Fenster zum Salon öffnen, und das leise aus dem Haus klingende Spiel des Juden würde sich mit der Wärme der Sonne, dem Duft der Blumen und dem Lachen der Anwesenden vermischen, zu einer ganz eigenen Melodie. Vielleicht würde ihre Mutter etwas von Mozart spielen, später, wenn es schon dämmerte und fürsorgliche Männer Decken um die Schultern der Frauen legten. Elżbieta war wie ausgetauscht, lebhaft und gelöst, seit sie wusste, dass ihre jüngere Tochter in Zukunft so gut versorgt wäre.

Damit die tyrannische Schwiegergroßmutter durch ihr Keifen die Feierlichkeit nicht störte, würde man sie mit einer extra großen Portion Torte und einem nie leer werdenden Glas des Rumtopfes ruhigstellen.

Anton würde ihnen mitteilen, wie er sich die Besuche

beim Pfarrer vorstellte, der ihnen noch einmal die Grundlagen des Katechismus verdeutlichen, sie in die Aufgaben von Ehemann und Ehefrau einweisen und mit ihnen über eine gute katholische Erziehung ihrer Kinder reden würde. Sie freute sich auf die Geschenke, die Jarek ihr als Verlobter nun machen musste. Sie würden sich gemeinsam überlegen, wen sie zu Brautjungfern und Trauzeugen wählten.

Das Gras war kniehoch, einige Halme noch höher; wenn man die Handflächen ausstreckte, kitzelten sie. Man konnte sich hineinlegen, und dann sah man nichts mehr außer den grünen Spitzen der Halme, die das Blau des Himmels rahmten. Man selbst konnte nicht gesehen werden, war verborgen, nicht einmal die Koźny-Kinder konnten einen finden, aber die hatten ja sowieso das Interesse daran verloren. Vielleicht war man wirklich verschwunden, solange man hier lag und in die Wolken sah, man war schwerelos, zeitlos, irgendwo zwischen Erde und Himmel.

Diesmal stand Jarek schon unter der Weide und wartete auf sie. Elisa war sehr aufgeregt, als sie zu ihm in den Schatten trat. Es hing ihm kein Grashalm im Mundwinkel. Er löste sich vom Stamm der Weide und ging ihr einen Schritt entgegen. Nur einen. Sie blieben voreinander stehen, nicht näher als sonst, und keiner sprach. Er sah sein Gesicht in ihren Pupillen und dachte, dass sein Haar einen Tick zu lang war. Dass er es schneiden lassen musste, dass es albern, dass es kindisch war, es so zu tragen. Er sah sich in ihren Augen, und es war ihm, als habe er das Prinzip der Liebe neu verstanden. Entstand Liebe dadurch, dass man sich mit dem Blick des anderen neu entdecken konnte? Es kam ihm vor, als seien ihre bisherigen Begegnungen das Spiegelbild eines Gesichtes in einer unruhigen Wasseroberfläche, die durch ihre Gefühle zueinander aufgeworfen war. Jetzt hatte sich das Wasser beruhigt, die kleinen gekräuselten Wellen waren verschwunden, und man konnte erkennen, dass es ein Gesicht voller Furchen und Narben war.

Er sah sie an, hatte etwas seltsam Schweres in der Brust und die Worte des Vaters im Kopf.

Von der langen Tradition der Familie hatte der Vater gesprochen, davon, wie alt der *dwór*, der Familienbesitz, schon sei. Was der Vater ihm zu sagen gehabt hatte, wiederholte nun Jarek für Elisa, die ihm schweigend zuhörte. Vom Urgroßvater sprach er, der das Haus gebaut und vorher nur eine kleine Holzhütte besessen habe. Wie die Männer der Familie Koźny im Schweiße ihres Angesichtes das erst einstöckige Gebäude gemauert, später die zweite Etage hinzugefügt haben, und er, Anton, letztendlich das Dach des Vorbaus zu einem modernen Balkon mit Metallgeländer und Tür zum Schlafzimmer umgebaut habe. Dass die ständige Vergrößerung der Ländereien nur möglich gewesen sei, weil alle Männer der Familie immer hart gearbeitet, sich selbst unter das strenge Kommando des eigenen Pflichtbewusstseins gestellt hatten. Nur aufgrund dieser Tüchtigkeit sei die Familie immer wohlhabender geworden, was dem Sohn letztendlich das teure Wiener Studium und das Amüsement mit seinen Freunden ermögliche. Der Respekt vor dem Schaffen der Vorväter erfordere einen gehorsamen Umgang mit der Familientradition, deren widerspruchslose Fortführung er von seinem ältesten Sohn erwarte. Niemals habe einer der Koźny'schen Männer sich den Kopf von Weibern oder Schnaps so vernebeln lassen, dass er seine Verantwortung vergessen habe. Er, Jarek, solle sich also merken, dass alles nur gelungen sei, weil die Familie seit Generationen immer hart, diszipliniert, streng und tüchtig gewesen sei. In einem solchen Leben sei kein Platz für alberne Spielereien, für ein Sichgehenlassen. Dass auch er das Erbe und die Tradition der Familie fortführen müsse, dass man ihm keine Wahl gelassen habe, fügte Jarek noch hinzu. Die letzten Worte erstickt von der Schwere in der Brust, die sich hochgefressen hatte in die Kehle und ihm ein Weitersprechen unmöglich machte; er wollte nicht weinen. Zu schreien war ihm nicht möglich, alle Spannung war aus seinem Körper gewichen, Hände und Kopf hingen schlaff herab.

Trotz der Hitze waren Elisas Lippen in ihrem bleichen Gesicht violett gefroren, und zusammen mit ihrer brombeerfarbenen Bluse sah das schön aus.

Eine letzte Berührung, ein flüchtiges Abschiednehmen, ein langsames Entfernen mit schleifenden Schritten durch die Gräser, die nun ordinär wirkten in ihrem satten Grün. Das Blau des Himmels dazu distanzlos wie eine allzu aufreizende Frau, ein schamloses Weib mit rutschenden Leibchenträgern.

Und bei Elisa schlich sich langsam Verstehen ein, ein Bewusstwerden, das alle Farben verblassen ließ.

Katarzyna stand immer noch am Fenster, die Truhe mit der Wäsche neben sich, die Nadeln in der Hand, als Elisa in den Salon gerannt kam. Sie musste durch den Innenhof gekommen sein, denn Katarzyna hatte sie nicht kommen sehen. Sie glich einer Furie, wie ihre Mutter erst drei Tage zuvor, und in der Verzweiflung sah sie dieser noch ähnlicher als sonst. Elisa stürzte sich schreiend auf ihre Schwester, sie griff ihr in den Schopf, packte deren Haare und riss eine Handvoll aus der Frisur. Sie schlug Katarzyna mit den Fäusten auf die Brust und ins Gesicht. Ihr eigenes war eine wutverzerrte Fratze. »Du hast es gewusst«, kreischte sie immer wieder, während sie weiter auf ihre Schwester einschlug.

Katarzyna wehrte sich nicht. Sie hob einen Arm, hielt ihn vor ihr Gesicht, um die gezielten Schläge abzuhalten. Das machte Elisa erst recht rasend, und so versuchte sie, Katarzyna den Arm vom Gesicht zu zerren, und als ihr dies nicht gelang, biss sie hinein. Sie biss durch Stoff und Haut, sie biss in das Fleisch ihrer Schwester, dass ihr die Zähne schmerzten. Beide hörten das Krachen des Stoffes, und Katarzyna spürte das Reißen der durchtrennten Hautschichten. Der Schmerz durchfuhr sie, ihr wurde schwarz vor Augen. Sie ließ die Nadeln fallen, doch immer noch zeigte sie keinen Widerstand, gebot ihrer Schwester nicht Einhalt, drückte diese nicht einmal weg. Als Elisa ihr aber mit der rechten Hand wieder an den Haaren riss, so dass ihr die Tränen in die Augen schossen, und ihr gleichzeitig mit der anderen Hand das Gesicht zerkratzte, schrie Katarzyna. Elisa löste endlich ihren Kiefer vom Arm der Schwester, ließ aber ihre Hand in deren Haar, jedoch ohne weiter daran zu reißen.

»Ihr habt es alle gewusst!«, schluchzte sie, Fetzen von Stoff spuckend, den Geschmack von Blut zwischen den Zähnen.

»Meinst du denn, ich will das?«, schrie Katarzyna jetzt so laut, dass sie husten musste. Ihre Stimme bahnte sich kratzend den Weg durch den Hals, als wolle sie ihn aufschürfen. Sie heulte nun auch, umgriff ihre Schwester, ließ sie endlich ihre Stärke, ihre körperliche Überlegenheit fühlen. Doch es lag keine Gewalt in der Umklammerung, mit der sie ihre jüngere Schwester packte. Es war die Verzweiflung, die Haltsuche eines Ertrinkenden, der versucht, einen modrigen Stock, einen glitschigen Felsen, irgendetwas zu greifen, das ihn an der Wasseroberfläche, das ihn am Leben halten konnte. Und Elisa gab diese Umarmung zurück, sie sackten ineinander, sich haltend, strauchelnd, fielen zu Boden, wo sie weinend liegen blieben.

Elżbieta und Anton hatten die Hochzeit zwischen ihren Kindern besprochen und Elisa in dem Glauben gelassen, dass es um sie und Jarek gehe. An diesem Morgen war die Mutter aber über Katarzyna hergefallen, hatte ihr die Nadeln und die Wäsche der Aussteuer gegeben, damit diese ihre Initialen hineinstickte. Denn nicht Elisa, sondern sie, Katarzyna, sei die Braut.

Die Sache sei fest beschlossen, es gäbe kein Zurück mehr, sie sei die Ältere und müsse zuerst heiraten. Sie solle jetzt bloß nicht mit dem Argument kommen, dass sie keinen Mann wolle und erst recht nicht Jarek, es gäbe an der Entscheidung nichts mehr zu rütteln. Und für Jarek gelte das genauso wie für sie, denn im Einvernehmen mit Anton sei besprochen, dass er enterbt werde und auf jegliche Karriere verzichten müsse, sollte er sich der Trauung mit Katarzyna widersetzen. Sie könne noch so ein Theater machen, die Hochzeit fände wie beschlossen im September statt, man habe bereits Einladungen verschickt und die Verlobung bekanntgegeben. Und sollte Katarzyna versuchen, sich irgendwie, sei es durch Starrsinn, Flucht oder Freitod, zu widersetzen, müsse Elisa Roman Kowalski zum Mann nehmen, darüber solle sie, Katarzyna, sich im Klaren sein. Sie trage die Verantwortung für ihre jüngere Schwester, denn was Elisa mit dem fetten Roman blühe, könne man sich ja lebhaft ausmalen. Elisa werde sich mit der Zeit damit abfinden, die Liebe zu Jarek sei eine harmlose Schwärmerei, nichts Ernstzunehmendes.

So hatte die Mutter morgens ihre bis dahin längste Rede an die Tochter gerichtet und hatte Katarzyna nicht einmal zu Wort kommen lassen. Katarzyna war vor Staunen und Entsetzen verstummt, erschlagen von der Entschlossenheit der sonst handlungsunfähigen Mutter.

XIII Klaviersonate c-Moll

Kazimierz musste den Flügel im Salon zum wiederholten Mal innerhalb kurzer Zeit stimmen. Elżbieta tauchte während seines Besuches nicht auf, was seltsam war, denn sonst ließ sie es sich nie nehmen, mit ihm einen Schwatz zu halten. Sie sprachen über Musik, natürlich meist über Mozart. Aber Elżbieta erzählte ihm auch das Neueste von Marcin oder Henryk, von ihren Eltern oder den Kowalskis. Oft teilte sie ihm ihre Meinung zur Ehe von Anton und Sofia mit und versuchte, von Kazimierz einiges zu erfahren, was sie selbst nicht wusste. Seit der Geburt ihrer Tochter war sie nicht mehr so fröhlich und unbekümmert, er bemerkte ihre große Unzufriedenheit, wenn sie ihn über die Geschehnisse in der Stadt ausfragte. Elżbieta schien zwanghaft an Festen und Bällen interessiert, zu denen sie selbst nicht gehen konnte, so als wolle sie sich mit dem Wissen darüber quälen. Kazimierz spürte, dass sie sehr verbissen und verbittert auf alles, was mit gesellschaftlichem Leben zu tun hatte, reagierte. Deshalb versuchte er, Gespräche über das Treiben ihrer Bekannten zu meiden und lieber alle Aufmerksamkeit auf musikalische Themen zu lenken, denn wenn sie über Sonaten philosophierten, vergaß sie ihren Kummer etwas und erinnerte ihn wieder an die lebenslustige, schelmische Frau, die er kannte. Er wusste, dass Elżbieta Männer gerne um den Finger wickelte, und wenn sie lachte, war auch er ein wenig in sie verliebt. Wenn er mit dem Stimmen des Flügels fertig war, spielte er ihr stets ein Stück aus der Waldstein-Sonate vor, als wolle er sie necken.

Jetzt aber befand er sich alleine im Salon, war froh über den heißen Tee, der auf dem kleinen Beistelltischchen für ihn bereitstand, denn es hatte geschneit und sein Körper war von dem weiten Weg durchfroren. Schnee und Frost hatten ihr Netz über das blattlose Geäst der Baumkronen, über Gestrüpp und Gehölze gespannt, so dass den Klavierstimmer auf dem Weg zum *dwór* der Familie Laub das Gefühl überkam, die Welt sei unter einer Schicht von weichen Wolken verschwunden, die alles an Tönen dämpfte und ihm wie eine zaghafte Melodie erschien.

Er hatte Mantel, Schal, Mütze und die groben Fäustlinge ausgezogen und auf dem Sessel abgelegt, die Schneeflocken darauf hatten sich in Wassertropfen verwandelt, so dass nasse Flecken auf dem Boden und dem Sessel zurückgeblieben waren. Seine Hände waren rot und rissig, wie die eines Bauarbeiters. Die Kälte hatte ihn nicht nur draußen angesprungen, sie war in seine Wohnung eingedrungen und hatte sich dort festgesetzt wie ein ungebetener Gast, unmöglich, ihrer Gegenwart zu entfliehen. Als er sich morgens vor seinem Aufbruch die Hände gewaschen hatte, war das neue Stück Seife neben der Waschschüssel so hart, dass ihm die Kanten in die Handflächen geschnitten hatten. Deshalb und der Kälte wegen schmerzten ihm die Hände, und während er sie zur Linderung um die Kanne schloss, überlegte er, ob er wohl Agnieszka um etwas Fett oder Salbe bitten sollte. Aber sie war ebenso wenig wie die Hausherrin zu sehen. Noch bevor er richtig mit der Arbeit beginnen konnte, kam Karol in die Stube. Er nahm sich einen Stuhl und setzte sich zum Klavierstimmer neben den Flügel. Erst sprachen sie teetrinkend über das Instrument. Kazimierz wies ihn darauf hin, dass er glaube, irgendwas sei mit dem Stimmstock nicht in Ordnung, sonst könne der Flügel nicht so schnell wieder verstimmt sein. Zu seiner Bestätigung fand er einige Haarrisse, die ihm bisher verborgen geblieben waren. Aller Wahrscheinlichkeit nach sah die Unterseite des Stimmstocks auch nicht besser aus. Die Wirbel steckten nur sehr locker im Holz, was bei einem nur dreißigjährigen Instrument eher ungewöhnlich war. Dies bestärkte Kazimierz in der Vermutung, dass der verstorbene Przemesław Drozdowski in seiner Werkstatt nur minderwertiges und schlecht getrocknetes Holz verwendet haben konnte. Aber da er wusste, dass Karol sich zur Zeit keinesfalls einen neuen, geschweige denn besseren Flügel leisten konnte, schlug er, in der Hoffnung, dass die Risse nur in der Oberfläche saßen, vor, die Wirbel für besseren Halt etwas tiefer ins Holz zu schlagen. Er klappte seinen Lederkoffer auf, nahm den mittleren Hammer und das Setzeisen heraus und machte sich an die Arbeit.

Karol blieb weiterhin neben ihm sitzen und erzählte, dass Elżbieta sich ständig beschwere, der Anschlag sei besonders schwergängig geworden, was ihr insbesondere das Spielen der filigranen Verzierungen in Mozarts Kompositionen, die sie so sehr liebe, nahezu unmöglich mache.

Also muss es zu den Problemen mit der Stimmhaltung auch noch ein mechanisches Problem geben, dachte Kazimierz, während Karol sagte, dass es sehr wichtig sei, dass der Flügel wieder in Ordnung komme, da Elżbieta sich in der letzten Zeit seltsam verhalte und schnell außer sich gerate.

»Es ist nicht die Melancholie des Winters.« Diesen Satz sprach Karol bedächtig und langsam aus und fügte dann einem Spucken gleich hinzu: »Sie ist wieder in anderen Umständen.« Er sah den Klavierstimmer durchdringend an.

Kazimierz war verwundert, da scheint die Liebe aber groß zu sein, dachte er, die kleine Katarzyna ist doch nicht mal ein Jahr alt, wieso freut er sich dann nicht? Er wusste nicht, was er sagen und wo er hinblicken sollte. Schließlich wies er Karol darauf hin, dass er gehört habe, es sei eine der unangenehmen Begleiterscheinungen, dass Frauen während der Schwangerschaft oft unleidlich seien. Dann gratulierte er ihm und sprach den Wunsch aus, dass es diesmal ein Junge werde. Seltsamerweise antwortete Karol ihm nicht, dass er sich das auch wünsche, er bedankte sich nicht einmal, was ungewöhnlich war, weil Karol sich doch sonst immer durch sein besonders höfliches Verhalten, auch den Bediensteten gegenüber, auszeichnete.

Und so trieb Kazimierz weiter Wirbel für Wirbel vorsichtig tiefer ins Holz. Es war ruhig im *dwór*, und nur im Salon, wo er schweigend arbeitete, während Karol nun stumm neben ihm saß, wurde die Stille vom metallischen Klopfen der Hammerschläge gestört.

Kazimierz musste sich konzentrieren, keinen der Wirbel zu tief zu schlagen. Trotzdem wanderten seine Gedanken vom Stimmstock des Drozdowski zu seiner eigenen Familie. Er wurde plötzlich traurig, weil er selbst nicht wissen konnte, wie Frauen sich in der Schwangerschaft verhielten. Denn der Klavierstimmer hatte nie geheiratet, obwohl er sich in seinen jungen Jahren oft gewünscht hatte, mit einer guten Frau unter der Chuppa zu stehen. Das Schicksal hatte für den Klavierstimmer Kazimierz Kasbek Katzenstein aber keine Hochzeit vorgesehen. Er hatte viele unerfüllte Lieben gehabt, kleine und größere, von denen keine über seine Anbetung der Verehrten – niemals hatte er neben einer Frau gelegen – hinausgegangen war. Und keine hatte die zu Bunja besiegen können. Bunja war die Frau seines Freundes gewesen, und seit er sie das erste Mal in der Stube des Korngold'schen Haushaltes gesehen hatte, hatte ihn eine tiefe Sehnsucht gepackt, ihr nahe zu sein. Bunja war bei weitem nicht die schönste Frau, die er kannte, aber ihre Stimme hatte eine Ruhe und zugleich ein Kratzen in sich getragen, wie er es bei keinem anderen Menschen je erlebt hatte. Um in ihrer Nähe sein zu können, ohne ihre Integrität zu schwächen, war er ihr ungefragt zum Helfer geworden. Jahrelang, bis zu ihrem Tod, hatte er seine tiefe Liebe zu Bunja durch die Unerfülltheit derselben erhalten können. Seine große Sehnsucht nach dieser Frau hatte er gestillt, indem er ihr geholfen, sie unterstützt hatte, wo es nur gegangen war.

Während er an den Wirbeln des Drozdowskis arbeitete, erschien ihm diese Sehnsucht, die nie mehr erfüllt werden konnte, schmerzhafter als je zuvor. Schmerzhafter und größer noch als die Erinnerung an seine Mutter, die er nicht mehr gesehen hatte, seit er von zu Hause weggelaufen war.

Die Erinnerung an die Schreie seiner *máme* tauchten auf, ebenso wie die an den Schürhaken und die Orgel der orthodoxen Christen. Er dachte an den Vater, einen deutschen Händler, der auf einer seiner Geschäftsreisen solchen Gefallen an den schwarzen Augen, ausladenden Hüften und dicken Zöpfen der kaukasischen Weiber gefunden hatte, dass er eins davon zur Frau genommen, Kazimierz und seine Geschwister gezeugt hatte und nicht mehr in seine Heimat zurückgekehrt war. Mit unnachgiebiger Strenge hatte der gläubige Vater seinen Sohn Kasimir mit der Gerte, die eigens zu diesem Zweck über der Tür gehangen hatte, blutig geschlagen, wenn dieser sich der Anziehungskraft der christlichen Kirche und ihrer Musik nicht hatte widersetzen können. Musik war für den alten Katzenstein allenfalls zur Unterhaltung von Hochzeitsgästen, keinesfalls aber für den Verdienst des Lebensunterhaltes geeignet.

Der Klavierstimmer erinnerte sich an den Schaum vor dem Mund des Alten, das Pfeifen der Gerte und die große Wut, die ihn ergriffen hatte. Daran, wie er seinen Hut gepackt hatte, wie das Gejammer seiner *máme* mit jedem Schritt leiser, das tobende Wüten des Vaters ferner, sein Herz jedoch leichter geworden war. An Lemberg, die Lehre zum Klavierbauer, den akademischen Volkschor *Kinor*, in dem er hatte mitwirken dürfen, obwohl er nur Handwerker war, an die erste Zeit in Krakau. An seinen eigentlichen Namen Kasimir, den er jedoch bald dem Sprachgebrauch Galiziens angepasst und sich fortan rufen lassen hatte wie das Viertel, in dem die Juden seiner neuen Heimatstadt lebten. Seinen Zweitnamen Kasbek, nach seinem Großvater, und den Familiennamen seiner deutschen Vorfahren hatte er behalten.

Aus seiner georgischen Heimat hatte er also nichts als seinen Hut und seinen Namen mitgebracht.

In diese Gedanken und die Stille hinein räusperte sich Karol plötzlich und führte mit ihm das Gespräch, das ihre Bekanntschaft, die bis dahin nur auf einer freundschaftlichen Geschäftsbeziehung basierte, zum Bündnis machte. Zugleich legte das Gespräch den Grundstein zu Karols großem Schweigen.

Karol begann zu reden, ein Schwall von Worten kam aus seinem Mund, erfüllte den Raum und ließ die Ohren des Klavierstimmers brummen.

Von der Geburt der Tochter erzählte Karol, davon, dass diese für seine Frau ein sehr einschneidendes Erlebnis gewesen sei. Dass er, Karol, dafür voller Verständnis gewesen sei, denn er liebe ja seine Frau, und außerdem sei sie noch so jung, hatte sich gerade erst an die Umstände des ehelichen Lebens gewöhnt.

»Jung«, wiederholte Karol und barg seinen Kopf in den Händen, rieb sich das Gesicht, dass es fleckig wurde, und ließ die schweren Hände wieder unruhig in den Schoß sinken.

Kazimierz begriff endlich, dass Karol mit ihm kein Gespräch über alltägliche Nichtigkeiten führen wollte, denn zu ernst war dessen Ton, zu verkrampft seine Haltung auf dem Holzschemel, zu fest hatte dieser die Hände ineinandergepresst, dass die Knöchel weiß aus der roten Fleischmasse hervortraten. Er legte den Hammer beiseite, obwohl er mit der Arbeit an den Wirbeln nicht fertig war, und betrachtete, um Karol nicht in Verlegenheit zu bringen, das Buffet mit dem guten Porzellan, das an der Wand hinter dem Hausherren stand. Sein Blick wanderte die geschnitzten Holzbögen entlang, um auf den gehäkelten Spitzengardinen hinter den Glasfensterchen der Vitrine zu verharren.

Ob er, Pan Kazimierz, wisse, was Liebe sei, fragte Karol ihn, ließ ihm aber nicht einmal Raum für eine Antwort, sondern sprach gleich weiter: »Liebe!«, brüllte er, »Liebe!«, und sah den Klavierstimmer dabei an, als ob er, Kazimierz höchstpersönlich, etwas dafür könne, dass auch nur das Wort existiere.

»Liebe«, sagte Karol noch einmal, diesmal leise, flüsternd, brüchig, zu Boden starrend. Gleich darauf richtete er sich ruckartig auf, tippte sich mit dem Zeigefinger an die Stirn, seine Stimme war unruhig, die Worte sprudelten immer schneller aus ihm heraus. Nervös fing Karol dabei an, die Werkzeuge des Klavierstimmers aus dessen Koffer zu nehmen, sie in den Händen zu wiegen, zu drehen, wieder zurückzulegen, um gleich darauf ein Neues zu greifen. In wirren Worten redete er davon, dass er Elżbieta nicht nur während, sondern auch nach der unreinen Zeit in Frieden gelassen habe.

Kazimierz war es unangenehm, aus Karols Mund solche Intimitäten zu hören, er wusste nicht, wohin mit seinem Blick, und trotz seines Alters errötete er. Doch Karol schien nicht einmal zu bemerken, wie indiskret und beschämend seine Worte für den Klavierstimmer waren, denn er sah diesen gar nicht an und ging mit seinen Beschreibungen sogar noch weiter. Kazimierz spürte das Brummen und Sausen in seinen Ohren lauter werden, die Röte seines Gesichts vertiefte sich, und auch er begann nun, sein Werkzeug unruhig in den Händen, die schweißnass waren, zu drehen.

»Um sie nicht zu verschrecken, ließ ich sie in Ruhe. Es ist nicht leicht, wenn man jeden Abend eine so schöne und junge Frau neben sich hat«, fügte Karol hinzu und sah Kazimierz das erste Mal seit dem Beginn seiner seltsamen Rede wieder ins Gesicht, worauf dieser schnell den Blick senkte, seine Schuhe betrachtete und nicht wusste, ob er sich mehr für Karols Geständnisse oder für seine Verlegenheit schämte. Doch dann dachte er plötzlich, dass Karol ihn offenbar als Vertrauensperson sah, da er ihm sonst kaum solche Ungeheuerlichkeiten erzählen würde. Auch war Karol keinesfalls ein geiler Bock, dem es darum ging, sein Liebesleben vor anderen auszubreiten, um mit seiner Potenz zu protzen. Sein Nachbar Anton Koźny war so einer, der scheute nicht vor anzüglichen Bemerkungen zurück.

Das wusste Kazimierz, seit er einmal Zeuge eines solchen Kommentars geworden war. Anton hatte seiner Frau einen kräftigen Schlag auf die Hinterbacken gegeben, als er sie aus dem Zimmer geschickt hatte; er war der Ansicht, dass es sich beim Stimmen eines Klaviers um ein reines Männergeschäft handele. Sofia war erst kreidebleich, dann aber dunkelrot geworden und hatte sich schnellen Schrittes, die Hände vors Gesicht geschlagen, aus dem Zimmer entfernt. Noch bevor sie die Türe hinter sich geschlossen hatte, hatte Anton einen Witz über das einzige Geschäft, das man seines Erachtens mit den Weibern treiben könne, gemacht und schallend gelacht, während er dem Klavierstimmer nach Verständnis heischend auf die Schulter gehauen hatte, dass dieser dachte, ihm bräche das Rückgrat. Kazimierz hatte Ekel Anton gegenüber empfunden, den er nie besonders gemocht hatte und der seit seiner Eheschließung mit der Tochter des Stadtrates noch selbstgefälliger und distanzloser geworden war.

Absichtlich hatte der Klavierstimmer ein paar Tasten im obersten Diskant ungestimmt gelassen und beschlossen, das Arbeitsverhältnis zu diesem Haus zu kündigen. Dann hatte es ihm aber um Sofia leid getan, denn er wusste, dass sie sich immer gerne zu ihm gesetzt hatte, wenn Anton einmal nicht da gewesen war. Scheu war sie gewesen, hatte sich langsam herangetastet, bevor sie sich wagte, ihn anzusprechen. Sie war immer so blass und unscheinbar, ständig war sie zusammengezuckt und hatte sich nervös umgeblickt. Hatte Anton den Raum betreten, breitbeinig und auf seine Stiefel deutend, war sie augenblicklich zu ihm geeilt, mit gesenktem Haupt, um ihm die Stiefel von den Füßen zu ziehen und zu putzen.

Der Gedanke an die erneut schwangere Sofia und den kleinen Jarek hatte Kazimierz zögern lassen, und schließlich hatte er die absichtlich vergessenen Tasten doch noch gestimmt und den Gedanken der Kündigung beiseitegeschoben.

Es muss Karol ernst sein, dachte der Klavierstimmer, nahm sich zusammen, nickte und versuchte, das Dröhnen seines Kopfes zu missachten, um Karols wirren und ungeheuerlichen Schilderungen zu folgen.

Auch die zaghafte Annäherung, die Elżbieta an dem Abend eines Festes im September in Form eines Kusses und dem Halten seiner Hand unternommen hatte, habe nicht dazu geführt, dass das Ehepaar wieder zueinandergefunden habe. Sie habe nachts weiterhin steif neben ihm auf ihrer Seite des Bettes gelegen und ihr Territorium durch festgezurrte Decken abgesteckt. Doch einige Wochen später, es müsse Ende Oktober gewesen sein, denn die Blätter der Bäume waren von sattem Gelb und

Orange, das Jahr war seinem Ende zugealtert, habe ein Ereignis im Schlafgemach der Eheleute stattgefunden, das Karol maßlos erschüttert habe. Nicht einmal die hysterischen Anfälle seiner Frau, die das gemeinsame Leben seit der Geburt der Tochter belasteten, hätten ihn so verschreckt wie das, was sie nun an Inszenierung und Dramatik für ihn bereit gehalten habe. Bei der Erfüllung der ehelichen Pflicht sei Elżbieta immer zurückhaltend gewesen, habe ihrem Mann Initiative und Ausführung überlassen. An diesem Abend aber habe sie ihre selbst errichtete Deckenbarrikade von sich geworfen, sich auf Karol gestürzt, als gälte es einen Kampf zu bestreiten, ihm das Nachtgewand hochgerissen und sich, ihn hektisch küssend, an seinem Gemächt zu schaffen gemacht. Er seinerseits aber sei so erschrocken gewesen über die wilde Entschlossenheit seiner Frau, dass er sie grob von sich gestoßen und die Flucht aus dem Raum ergriffen habe.

Doch trotz dieses missglückten Versuches war Elżbieta wieder schwanger.

XIV Echte polnische Daunen

Er spürte das Stechen schon seit einiger Zeit, ein leichter, gleichbleibender und gerade deshalb unangenehmer Schmerz an seinem rechten Oberarm. Dort, wo die behaarte äußere Seite des Armes mit zartem grau schimmerndem Flaum zur gänzlich unbehaarten Innenseite überging, stand ein Federkiel durch den festen Leinenbezug seines Oberbettes heraus und stach in Karols Haut.

Karol hatte, wie jeden Abend, das Federbett zurückgeschlagen und das Kissen mit zwei gezielt gesetzten Schlägen zurechtgeklopft, sich dann auf die offene Fläche des Lakens, die blank und glatt, wie das Wasser der Waschschüssel, vor ihm gelegen hatte, gesetzt, um seine Pantoffeln neben dem Bett so aufzustellen, dass er morgens oder bei eventuellen Bedürfnissen, die ein nächtliches Aufstehen unumgänglich machen würden, seine Füße ohne Schwierigkeiten hineingleiten lassen konnte.

Dann hatte er sich hingelegt, den Kopf genau in die Kuhle des Kissens platziert, die er vorher so sorgsam geformt hatte, die Beine unter das Federbett geschoben und dieses dann wieder umgeschlagen, so dass es ihn in einer geraden Linie, die quer über der Brust lag, bedeckte. Nachdem er sich versichert hatte, dass er exakt in der Mitte seines Bettes lag, hatte er das Federbett noch einmal glatt gestrichen und seine Arme darüber verschränkt. Das tat er jeden Abend.

Karol liebte es, gerade und zentriert inmitten der weißen Bettwäsche zu liegen und deren raue Steifheit der ersten Nächte, nachdem das Bett frisch bezogen worden war, auf seiner Haut zu spüren. Wenn die Wäsche anfing, den Geruch seines Nachtschweißes anzunehmen und sich schnell und warm anschmiegte, wusste er, dass er die Bettwäsche wechseln lassen musste, um abends in Ruhe nachdenken zu können. Denn das konnte er nur, wenn alles um ihn herum still, weiß und von kühler Härte war. Er benutzte auch im Sommer niemals ein Laken, um sich zuzudecken, es mussten dicke schwere daunengefüllte Decken sein, damit er Schlaf finden konnte. Im Winter nahm er zwei von ihnen, um genügend Wärme zu haben.

An diesem Abend hatte er sich schon während des Abendessens darauf gefreut, die feste Struktur des Leinenstoffes an seinem Körper zu fühlen. Er hatte dem Mädchen morgens einen Zettel geschrieben, auf dem er es dazu angewiesen hatte, ihm das Bett neu zu beziehen. Die Wäsche war also unbenutzt und rein. Sie würde noch den Geruch der Seife haben und hart von der Stärke sein. Karol würde versuchen, diesen Zustand der Unberührtheit so lange wie möglich zu bewahren.

Während er seine Pantoffeln von den Füßen gestreift hatte, hatte er schon gierig diesen nur frischer Wäsche eigenen Duft eingesogen. Zufrieden und leicht erregt hatte er sich niedersinken lassen, die Decke über sich ausgebreitet und die Arme darüber verschränkt. Als die Schwere der Entspannung seine Arme tiefer in die Daunen sinken ließ, hatte ihn etwas in den rechten Arm gestochen. Im ersten Moment war er verunsichert, der für ihn schönste Augenblick des Tages war gestört worden, seine freudige Erregung verschwunden, und er konnte nicht gleich zuordnen, was es war, das ihn so zu stören wagte. Doch auch als er begriffen hatte, dass es ein Federkiel sein musste, der sich durch die Wäsche in seinen Arm bohrte, war er regungslos liegen geblieben.

Ich bin zu abgestumpft, dachte Karol. Ich empfinde nichts mehr. Jeden Abend lege ich mich nieder, ich denke nach und schlafe schließlich ein, ohne auch nur einmal im Lauf des Tages große Gefühle empfunden zu haben. Nicht mal eine Daune in meinem Arm kann etwas in mir bewegen.

Es war ein unangenehmes beständiges Bohren und Kratzen an seiner Haut. Aber er versuchte nicht, etwas daran zu ändern. Er ließ es einfach geschehen, stand nicht auf, um das Bett neu auszuschütteln, versuchte nicht, die Daune wieder durch den Stoff an ihren Platz zu schieben, bewegte nicht mal seine Arme. An diesem Verhalten meinte er zu sehen, wie stark seine Empfindungslosigkeit fortgeschritten war.

Das einzige Gefühl, dass ich noch kenne, ist die Freude auf das Zubettgehen. Und selbst in diese Freude hat sich jetzt Lustlosigkeit geschlichen. So regungslos, wie mein Empfinden geworden ist, so lege ich mich abends hier nieder und starre an die Decke.

Um diesem Gedanken Nachdruck zu verleihen, ließ Karol seinen Blick am Rankenmuster der Stuckrosette entlanggleiten, rundherum, im unendlichen Kreis, ließ ihn wie ein Dressurpferd am Rande der Manege seine Runden absolvieren. Karol musste an ein Mandala denken, ein kreisförmiges Bild, das er als Junge einmal in einem Buch aus der Bibliothek seines Vaters über indische Mythologie gesehen hatte. Der Kreis war in mehrere Ringe aufgeteilt, in denen abwechselnd Elefanten und Pferde, die mit dem Maul jeweils den Schweif des Vordertiers festhielten, dargestellt waren. In jedem Ring wechselte ihre Laufrichtung. Das Mandala war Karol deshalb im Gedächtnis haften geblieben, weil ihn damals ein großes Erstaunen darüber erfasst hatte, dass auch Elefanten einen Schwanz haben.

Die Blüte in der Mitte der Stuckrosette und den daran befestigten Leuchter nahm er nicht einmal wahr.

Karols Tage in diesem September waren zäh und klebrig. Er fühlte sich wie eine Fliege, die mit ihren Beinen am Honigtopf festklebte und den ganzen Tag versuchte, vorwärts zu kommen, mit den Flügeln ruderte, mit den Beinen zerrte, um sich loszulösen, vom Fleck zu kommen. Abends war Karol erschöpft. Nichts war geschehen, er hatte sich kein Stück bewegt, alles erschien ihm sinn- und zwecklos. Die Stagnation machte ihn müde und schwach.

Was er früher gern getan hatte – der stumme Kontakt

mit den hübschen Mädchen vom Laden, die Kaffeehausbesuche, die Spaziergänge –, langweilte ihn nun. Er sah die Mädchen immer noch gerne, sie waren immer noch genauso schön anzusehen, aber sein Blick rutschte an ihrer Schönheit ab, sie boten ihm nichts, woran er hängen bleiben konnte. Der Gang ins *Jama Michalika*, der ihn immer erfrischt und belebt hatte, wollte keine Freude mehr in ihm hervorrufen. Der Kaffee schmeckte wie immer, aber Karol, der eigentlich nichts mehr liebte, als wenn die Dinge sich nicht veränderten, spürte eine große Öde, wenn ihm der Geruch nur in die Nase stieg. Bisher hatte die Tasse Kaffee zusammen mit einer noch ungelesenen, knisternden Zeitung wahre Glücksgefühle in ihm hervorgerufen. Auch jetzt ging er noch täglich in das Kaffeehaus, er saß immer noch an seinem Tischchen, er bekam seinen Kaffee und die Zeitung. Den Kaffee trank er lustlos, oft ließ er ihn kalt werden, die Zeitungen rührte er nicht einmal mehr an. Er starrte die Passanten an, die am Fenster vorübergingen, ohne sie wahrzunehmen. Er beobachtete das langsame Einrücken des Herbstes in die Stadt, sah den Sommer, der nicht nur ihm zu heiß gewesen war, seinen Rückzug antreten.

Nachdem der Klavierstimmer ihm die Nachricht über die Verheiratung seiner Tochter überbracht hatte, hatten sich die Strudel in Karol wieder gedreht, wie damals vor seinem Auszug. Er hatte große Wut empfunden und dann Verzweiflung. Er war der Einzige, der eingreifen konnte, um Katarzyna vor dem Unglück, Jareks Ehefrau zu werden, zu bewahren, das wusste er. Was sollte Katarzyna mit einem Mann, der neben ihr wie ein Hänfling, wie eine labberige Wurst aussah? Was sollte sie mit einem Mann, der von sich sagte: Meine Freunde sind mein Leben, mein Leben sind meine Freunde? Was sollte sie überhaupt mit einem Mann?

Jarek würde in erbärmlicher Schwäche dem Willen seines Vaters folgen. Er würde sich arrangieren, die innere Auflehnung würde schnell verschwinden, wie der Winter, der sich hinterrücks aus dem Land schleicht, wenn der Frühling erst einmal angeklopft hat. Das waren Karols Gedanken zur Hochzeit seiner Tochter mit dem ältesten Sohn Antons. Aber mit jedem Tag war Karols Wut über die Hochzeit verblasst.

Elżbieta und Anton hatten ihre Entscheidung getroffen.

Anton musste sich irgendwem gegenüber doch schuldig fühlen. Ob das Elżbieta war, seine betrogene Ehefrau oder er, Karol, sein ehemals bester Freund. Sie hätten die beiden auch einfach heiraten lassen können, denn er sprach nicht, und der Klavierstimmer würde sein Wissen für sich behalten.

Karol verweilte einige Augenblicke im Gedanken an Buße und Schuld, verbat sich dann aber selbst, eine innerliche Diskussion über dieses Thema zu beginnen. Darüber hatte er in den letzten Wochen zur Genüge nachgedacht.

Seitdem waren die Tage in Karols Leben so träge und

trist geworden, so wie in seiner Erinnerung die Tage seiner Kindheit im Frühling. Die ersten grünen Blätter, das Blühen der zartgelben Narzissen hatten in ihm immer ein beklemmendes Gefühl erweckt. Tage im April waren Tage mit allzu aufdringlichem Vogelgezwitscher gewesen. Herbst, Winter und Sommer waren richtige Jahreszeiten, aber der Frühling war etwas Feiges, er hatte eine Demipräsenz, sich zwischen Schnee und Hitze geklemmt, ohne wenigstens die Kraft mitzubringen, die der Herbst in seine Stürme legte.

Karols Emotionslosigkeit hatte ihren Höhepunkt erreicht. Seine Gedanken kreisten, seitdem er von der geplanten Hochzeit wusste, um seinen festen Glauben, dass der Mensch die Entscheidung über die Anlage seines Lebens selbst in der Hand habe. Die letzten Tage hatte Karol am Fenster seiner guten Stube gestanden, die Leute am Wawel betrachtet und über die Gestaltungsmöglichkeiten des Menschen und seines Lebens nachgedacht.

Man konnte jeden Morgen neu entscheiden, was man mit den Stunden des Tages anfangen wollte. Ob man arbeiten ging oder nur dem Müßiggang frönte, war eines jeden Mannes eigene Entscheidung. Ob man sein Wissen mehrte und vertiefte oder sich niemals an Debatten beteiligte und nicht ein Buch zur Hand nahm, konnte einem niemand anders als man selbst vorschreiben. Man konnte sich sein Leben lang einer Frau versprechen oder aber ein Leben der Promiskuität führen. Und die Entscheidung hierüber lag auch wieder nur bei einem selbst. Und wedelten die Mädchen in den dunklen Gassen noch so verführerisch mit den Rocksäumen, niemand zwang einen, ihnen in ihre verdreckten Absteigen zu folgen. Man konnte ein, kein oder drei Stücke von der Sahnetorte Drobners essen. Wen interessierte das schon? Es gab keine Wahrheit, es gab nur Wahrnehmungen. War es denn wichtiger, verstanden zu werden, als sich verstanden zu fühlen? War nur das eigene Empfinden wichtig, da man auf das der anderen Menschen sowieso keinen direkten Einfluss hatte? Wenn dies aber so war, und davon war Karol überzeugt, dann konnte man tun und lassen, was man wollte.

Beispielsweise könnte er sich an jedem beliebigen Tag dazu entscheiden, nicht ins *Jama Michalika* zu gehen. Er könnte einfach am Laden vorbeigehen und sogar den Gruß der Mädchen unerwidert lassen. Er könnte sich an das Klavier setzen und stundenlang spielen. Ja, er könnte sogar Mozart spielen, und dies, ohne auch nur einmal an seine Frau zu denken! Er könnte sich an einem Donnerstag auf eine Bank der *Planty* kurz vor *ul. Stradomska* setzen, versteckt hinter einer Zeitung, und beobachten, wie der Klavierstimmer den Weg zu seiner Wohnung nahm, um zehn Minuten später mit verwirrtem Gesichtsausdruck und Gebäck zurückzukehren. Sicherlich wäre Kazimierz bestürzt. Man sähe ihm an, dass er sich Gedanken machte, wie es sein konnte, dass sein Freund Karol zum ersten Mal seit zwanzig Jahren nicht an ihrem Besuchstag in seiner Wohnung war. Der Klavierstimmer würde davon ausgehen, dass Karol etwas zugestoßen sei, dass er womöglich wie sein Vater mit einer Lungenentzündung darniederliege oder dass er sogar gestorben sei. Vor Trauer würde er grau im Gesicht sein und sein Gang noch gebückter als sonst. Karol würde sich von der Bank erheben, die Zeitung sinken lassen, auf den Klavierstimmer zugehen, und wenn er wollte, ja, wenn er nur wollte, würde er vielleicht sogar mit kräftiger Stimme grüßen, laut »Guten Tag, Kazimierz!« rufen. Und dieser würde vor Schreck zusammenbrechen.

Denn so viel Macht ist dem Menschen in der Selbstbestimmung über sein Handeln gegeben, dass er damit sogar schlimme Dinge anrichten kann!, hatte Karol gedacht.

Man konnte sich entscheiden, sein Leben damit zu verbringen, rein gar nichts zu tun. Ja, wenn man wollte, musste man nicht einmal das Bett verlassen. Man konnte einfach liegen bleiben, man musste sich nicht einmal ernähren oder bewegen, wenn man es nicht für nötig hielt.

Als Karol nachmittags zu dieser Schlussfolgerung gekommen war, war er so erstaunt, dass er sich vom Fenster abgewandt und erst einmal auf einen der Polsterstühle hatte niedersinken lassen müssen. Vor lauter Verblüffung hatte er sogar vergessen, sich über den Schnürschuh aufzuregen, der seit zwei Jahren im Baum vor seinem Stubenfenster hing und dessen Anblick ihm im jetzt nahenden Herbst bis zum Mai nicht mehr erspart bliebe. Solche Dinge verstörten Karol normalerweise. Was hatte ein Schnürschuh in einem Baum zu suchen? Wer, um Gottes willen, hatte ihn da hinaufgeschmissen? Und warum machte sich niemand die Mühe, ihn zu entfernen? Vermisste niemand den Schuh? Was war mit dem anderen? Hing der auch unnütz in Krakaus Bäumen herum? Sollte er, Karol, es etwa wagen, eine Leiter zu leihen, diese auf dem Gehweg aufzustellen und sich ungeachtet der guten Qualität seines Anzuges in den Wipfel des Baumes vorkämpfen, etwas, was er schon als Kind nicht getan hatte? Oder musste er diesen Anblick ein weiteres halbes Jahr ertragen? Während der blattlosen Jahreszeiten in den letzten zwei Jahren hatte Karol die Vorhänge des betreffenden Fensters nicht einmal mehr geöffnet, so aggressiv hatte ihn der Anblick des im toten Geäst baumelnden Schnürschuhs gemacht.

Karol dachte darüber nach, was er fühlen würde, wenn seine Frau stürbe. Da er sie seit fast zwanzig Jahren nicht gesehen hatte, würde es kaum einen Unterschied machen, ob sie noch lebte oder nicht, es würde nicht das Geringste an seinem inneren Leben ändern, am äußeren sowieso nicht, denn das hatte er ja schon von ihr getrennt. Er fragte sich, wie sie wohl aussah, seine Frau Elżbieta, die er verlassen, die ihn verraten hatte. Ob sie noch so hübsch war wie damals? Wahrscheinlich war mit dem Alter ihre Schönheit davongegangen. Er sagte mehrmals leise ihren Namen, spürte dem Klang nach und beschloss, dass es nur ein Name, nur ein Wort, sonst nichts war.

Als Karol Elżbieta das erste Mal gesehen hatte, hatte ihn augenblicklich eine brennende Liebe erfasst. Karol, der sich immer durch Beständigkeit und Ruhe ausgezeichnet hatte, hatte das erste Mal in seinem Leben Wirrheit empfunden, die ihn mit der Kraft einer starken Welle überrollt, mitgezogen und hin und her gewirbelt hatte. Den Boden hatte es ihm unter den Füßen weggerissen.

Durch die Heirat hatte sich die Intensität seiner Liebe geändert. Aus dem großen unbändigen Verlangen war eine gleichmäßige Wärme entstanden. Er hatte Zärtlichkeit und Stolz empfunden, beides war durch die Geburt von Katarzyna noch gewachsen.

Aber dann hatte er sich gefühlt, als hätten ihn die Wellen kalt und achtlos ausgespuckt. Einem Gestrandeten gleich, der verwundet und abgezehrt an unbekannten fernen Stränden angespült worden war, wachte er auf. Er zog sich in die öde Einsamkeit einer Insel zurück, seine Wunden verheilten, und er fand sich damit ab, dass es für ihn den Weg zurück aufs Festland nicht mehr gab. Er war auf seinem Eiland geblieben, hatte sich der neuen und zurückgezogenen Lebensart angepasst und das Verblassen der Narben betrachtet, bis diese kaum mehr zu erkennen waren.

Er war gleichgültig Liebesdingen jeglicher Art gegenüber geworden. Es fehlte ihm der Sinn und das Verständnis dafür.

Doch nicht nur, was die Anteilnahme am Leben anderer betraf, schien es ihm, als lägen seine Gefühle brach.

Lust hatte ihn schon seit Wochen abends nicht mehr überkommen. Schon lange war seine Hand nicht mehr unter das Oberbett gewandert, sein Geschlecht schlaff und regungslos auf seinem Oberschenkel liegen geblieben. Oft war er morgens wach geworden, die Arme immer noch über der Decke verschränkt, das Bett fast wie unbenutzt. Das Verschwinden der Lustgefühle war ebenso schleichend und unauffällig dahergekommen wie der Verlust anderer starker Gefühle.

Jetzt schien ein Punkt erreicht, wo ihn nicht mal mehr eine verirrte Gänsefeder stören konnte. Karol überlegte, ob er vielleicht versteinert wäre. Es könnte ja sein, dass sich eine harte Kruste um sein Herz gelegt hatte, um ihn vor dem Schmerz, den Gefühle bewirken konnten, zu schützen.

Sein Auszug hatte nicht die Verzweiflung des Nichtkönnens getragen. Es war die Entschiedenheit des Nichtwollens. Aber dass er sich auch innerlich irgendwann nicht mehr in der Verantwortung für Katarzyna fühlen würde, damit hatte er selbst nicht gerechnet. Er hatte sich auch Elisa immer zugetan gefühlt, sie hatte es sehr gut verstanden, ihm zu schmeicheln und ihn zu verzaubern. Und doch wusste er plötzlich, dass er nichts tun würde, was die Entscheidung seines ehemals besten Freundes Anton und seiner ihm immer noch angetrauten Frau Elżbieta rückgängig machen könnte. Und nicht einmal diese Erkenntnis und die dafür verantwortliche Empfindungslosigkeit erschreckte ihn.

Er nahm seinen Blick aus den Blütenranken der

Stuckrosette, er tat dies präzise, so wie er auch eine Arbeit verrichten würde. Einige Sekunden ließ er ihn ziellos über die glatte Fläche der Zimmerdecke streichen, um ihn dann scharf auf den Leuchter über ihm zu richten. Karol betrachtete den Leuchter, als wäge er die Auswahl desselben für das Schlafzimmer im Nachhinein noch einmal ab. Am rechten Rand des grünen Glases, dort, wo es von der kupfernen Befestigung durchbohrt wurde, entdeckte er ein totes Insekt.

Nein, war er sich plötzlich sicher, es ist keine Abstumpfung und auch keine Versteinerung, die ihn so gleichgültig dem Geschehen um ihn herum werden ließ.

Vielmehr sei es so, als habe er mit sich und seinem Leben Frieden geschlossen. Ja, genau, das müsse es sein. Und mit dem Gedanken an seine innere Ruhe kam diese zu ihm zurück, als habe er sie beschworen und gerufen. Er zupfte die kleine weiße Daune aus dem Federbett und ließ sie achtlos neben sein Bett fallen.

Ich werde dem Mädchen einen Zettel schreiben müssen, mit der Bitte, im Zimmer Staub zu wischen und dabei auch die Lampe nicht zu vergessen, dachte er, während er den Blick vom Leuchter nahm, um die Augen zu schließen.

Dann drehte sich Karol auf die Seite, etwas, was ihm sonst nur im Tiefschlaf passierte, und war schon eingeschlafen, bevor er noch merken konnte, dass das Federbett der am Boden liegenden Daune folgte.

xv Notwendigkeit des vergessenen Wortes

Am Tage der Eheschließung zwischen Katarzyna Laub und Jarosław Koźny gab es ein derartiges Gewitter, dass sich keiner der Hochzeitsgäste erinnern konnte, ein solches schon einmal erlebt zu haben.

Die sauertöpfische Miene der Braut und das unglückselige Gesicht des Bräutigams schob man dem Unwetter zu, das die Feierlichkeiten und die dazugehörigen Vergnügungen einschränkte. Das verheulte Gesicht der Brautschwester hingegen deutete man als Rührung und Neid auf das Glück der großen Schwester. Denn Elisa musste die Laufbahn einer Hauslehrerin einschlagen. Maria Kowalska war nicht die Einzige, die Elisas Qualitäten im Beruf anzweifelte. Aber eine zweite Aussteuer war nicht vorhanden, und außer Roman Kowalski war niemand bereit, sie zu heiraten. Man fürchtete, der Wahn von Vater und Mutter sei auf die Kinder übergegangen, weshalb man insgeheim Antons Entscheidung missbilligte, eine der Laub'schen Mädchen als Schwiegertochter gewählt zu haben, und dann nicht mal die Hübschere. Der Vater der Braut war nicht anwesend, was nicht wenige als beruhigend empfanden, denn wer wusste schon, was solch einer in einer großen Gesellschaft anzustellen vermochte.

Tagelang hatten die Hochzeitsvorbereitungen gedauert, das Kochen der Speisen hatte von Agnieszka große Anstrengungen gefordert. Glücklicherweise hatte die Familie des Bräutigams nicht nur den Alkohol bereitgestellt; Sofia half auch bei der Zubereitung der Speisen. Die traditionellen Hindernistore beschränkte man bei dieser Hochzeit auf ein Minimum. Nur wenige der festlich geschmückten Torbögen, an denen verkleidete Freunde und Verwandte warteten, waren auf dem Weg zur Kirche aufgestellt. Zu stark war der Wind, als dass man dem Brautpaar und sich selbst ein umständliches Freikaufen zumuten wollte. Die Musikanten trugen ihre gut gemeinten Ratschläge an das junge Paar in der für das Fest hergerichteten Scheune vor, ihre lustigen Lieder wurden aber vom Rauschen des Regens übertönt.

Man konnte nicht einmal Stanisław Wittorek für das schlechte Wetter verantwortlich machen, denn der lag mit einer vor Zahnschmerzen geschwollenen Wange zu Bett, wo er sich von der Witwe Orzeszka pflegen lassen musste und deshalb nicht zur Hochzeit seines Freundes Jarosław erscheinen konnte.

Der Regen, der genau in dem Moment eingesetzt hatte, als der Pfarrer den Segen über das Paar sprach, sollte drei Tage und Nächte nicht aufhören, seine Wassermassen auf das Land zu schicken. Die Ernte, die in diesem viel zu heißen Sommer vertrocknet war, bevor sie hatte ausreifen können, wurde nun vom sintflutartigen Wasser erdrückt und saugte sich so mit Feuchtigkeit voll, dass sie später in Tennen, Scheunen und Kornspeichern verschimmelte. Mit dem Regen zogen orkanartige Stürme und Gewitter einher, dass manch einer meinte, ihm zerplatze das Trommelfell. Einige Alte starben vor Schreck. Bäume wurden entwurzelt, Äste krachten splitternd ab, und nicht wenige Menschen wurden von ihnen erschlagen. Landstreicher waren unter ihnen, Leichtsinnige, die trotz des Unwetters nicht im Haus geblieben waren, und Pechvögel, die zwar vernünftigerweise ihr Heim nicht verlassen hatten, dann aber mitsamt demselben unter einem umgestürzten Baum begraben wurden.

Die Pfarrer, Priester und Kaplane der Kirchen in und um Krakau nutzten die Gelegenheit, um ihre Gemeinde, die zahlreicher als sonst in die Kirchen strömte, besonders deutlich auf die Qualen des Fegefeuers, die unumgänglich auf jede Sünde folgten, hinzuweisen. Sie schrien ihren Schäfchen von der Kanzel über des Menschen Bosheit zu, die so groß war auf Erden, dass es Gott reute, ihn geschaffen zu haben. Sie spuckten auf die Verderbtheit des Fleisches, als wollten sie selbst die Wasserflut über die Erde bringen. Sie drohten, es werde wie damals vierzig Tage und vierzig Nächte regnen. Und büße nicht jeder ausreichend für seine Sünden, verschweige gar etwas bei der Beichte – hier schickten die Prediger ihren Gemeindemitgliedern besonders scharfe Blicke zu –, so würde die Sintflut diesmal sicherlich mehr als 150 Tage dauern.

Dann ließen sie die Offenbarung mit ihren sieben Posaunen der Apokalypse folgen, denn selten war ihnen die Aufmerksamkeit ihrer Zuhörer so ungetrübt sicher.

Die Priester beschworen Hagel und Feuer der ersten Posaune herauf. Sie flüsterten von der zweiten Posaune, nach der sich das Meer in Blut verwandele. Die dritte Posaune entglitt ihren Kehlen nur noch als heiseres Krächzen. Vom Verschwinden des Tageslichtes durch die vierte Posaune flüsterten sie röchelnd. Die letzten drei Posaunen verstanden nicht einmal mehr die Kirchgänger der ersten Reihen, die Prediger verausgabten sich, dass es ihnen die Stimmen raubte. Die Worte über das endgültige Verderben der Menschheit konnten nur die den Lippen der Priester entnehmen, denen das Lesen in der Heiligen Schrift so Pflicht oder Muße war, dass sie deren Inhalt genauestens kannten.

Das *mea culpa, mea culpa, mea maxima culpa* der Betenden erhob sich aus Kapellen, Kirchen und Kathedralen, es stieg empor und legte sich über die Stadt wie eine Dunstglocke.

Und hätte nicht ein besonders fleißiger unter den Gottesmännern seine Predigt, auf die er in gänzlich unchristlicher Manier sehr stolz war, in seinem Gemeindebuch schriftlich fixiert, so gäbe es heute keine Erinnerung mehr an das Unwetter, das Galizien im September 1905 heimgesucht hatte, und es wäre mit den Geschehnissen in den *dwory* der Familien Laub und Koźny in Vergessenheit geraten.

Elżbieta Laub und Anton Koźny, Mutter der Braut und Vater des Bräutigams, aber fühlten sich auch ohne

Predigt sehr unangenehm an einen anderen Abend, der von einem Gewitter heimgesucht gewesen war, erinnert. Bleich waren sie, als sie an ihre hastige und folgenreiche Paarung dachten, die im Schutz der Dunkelheit stattgefunden und auf deren Ungeheuerlichkeit der Himmel, wie nun auch auf die Hochzeit ihrer Kinder, mit Blitz und Donner geantwortet hatte. Und selbst jetzt, zwanzig Jahre später, war Elżbieta noch erstaunt darüber, dass der Akt ohne vorheriges Auskleiden und dazu halb stehend, halb sitzend möglich war, wo sie ihn doch bis dahin nur unter ihrem Manne liegend gekannt hatte.

Junge deutschsprachige Literatur bei Schöffling & Co.

Mirko Bonné
Der eiskalte Himmel

Franziska Gerstenberg
Solche Geschenke
Wie viel Vögel

Bettina Gundermann
Lysander

Martin Gülich
Bellinzona, Nacht
Die Umarmung
Später Schnee
Vorsaison

Mareike Krügel
Die Tochter meines Vaters

Markus Orths
Catalina
Corpus
Fluchtversuche
Lehrerzimmer
Wer geht wo hinterm Sarg?

Schöffling & Co.

Junge deutschsprachige Literatur bei Schöffling & Co.

Inka Parei
Die Schattenboxerin
Was Dunkelheit war

Christoph Pichler
Onkel Norberts denkwürdiger Nachmittag

Arne Roß
Pauls Fall

Jana Scheerer
Mein Vater, sein Schwein und ich

Silke Scheuermann
Die Stunde zwischen Hund und Wolf
Reiche Mädchen

Juli Zeh
Adler und Engel
Alles auf dem Rasen
Die Stille ist ein Geräusch
Ein Hund läuft durch die Republik
Kleines Konversationslexikon für Haushunde
Spieltrieb

Schöffling & Co.